회사원 마스터 9

에바트리체 장편 소설

초판 1쇄 찍은 날 § 2015년 10월 19일
초판 1쇄 펴낸 날 § 2015년 10월 26일

지은이 § 에바트리체
펴낸이 § 서경석

편집책임 § 이창진

펴낸곳 § 도서출판 청어람
등록번호 § 제387-1999-000006호
등록일자 § 1999. 5. 31
어람번호 § 제1-2262호

주소 § 경기도 부천시 원미구 부일로 483번길 40 서경B/D 3F (우) 14640
전화 § 032-656-4452 팩스 § 032-656-4453
http://www.chungeoram.com
E-mail § chungeorambook@daum.net

ⓒ 에바트리체, 2015

ISBN 979-11-04-90467-7 04810
ISBN 979-11-04-90281-9 (세트)

FUSION FANTASTIC STORY

에바트리체 장편 소설

회사원 마스터

Businessman Master

9

청어람

목 차

제1장

복귀

베란다를 통해 불어오는 바닷바람의 향기.

더불어 새들의 지저귐이 상쾌한 아침의 시작을 알리는 신호탄이 되어준다.

"……."

미약한 호흡을 내쉬던 민철이 바다의 파도와 새들의 지저귀는 소리에 눈을 절로 뜬다.

아마 최근 일어난 기상 의식 중 가장 상쾌한 기상이 아닐까 싶다.

"일어나면서 자연의 소리에 눈을 뜬다… 좋군."

흡족스러운 듯이 미소를 그리며 상반신을 일으키는 민철.

그러자 옆에서 알몸으로 누워 있던 체린이 미세하게 몸을 뒤척인다.

"으음……."

아직 체린이 일어나기에는 상당히 이른 시각이다.

민철이 조심스럽게 체린의 풍만한 가슴이 외부 공기로 노출되지 않게끔 쇄골 부근까지 이불을 끌어 올려준다.

괜히 감기에 들 수도 있으니 말이다.

조심스럽게 침대를 빠져나와 샤워를 마친 뒤 다시 호텔 방 안으로 들어선다.

젖은 물기를 털어낸 뒤에 속옷을 입을 무렵, 이불 속에서 얼굴만 빼꼼 내밀고 있던 체린이 슬며시 입을 열며 민철을 부른다.

"…민철 씨는 부지런하네……."

"언제부터 깨어 있던 거야?"

"…민철 씨가… 아니, 자기가 샤워할 때부터."

이제는 민철 씨라는 호칭 대신에 자기라는 새로운 별칭으로 민철을 부른다.

결혼식을 기점으로 두 사람은 더 이상 단순히 연애 관계가 아닌, 평생의 반려자로 약속을 맺게 되었다.

그 기분을 느끼기 위해 살짝 호칭을 바꿔보는 체린이었으나…….

이내 부끄러운 모양인지 달아오른 얼굴을 이불로 감추게 된다.

그 모습이 어찌나 귀여운지, 민철의 입가에 절로 미소가 번진다.

천천히 다가와 체린을 덮고 있던 이불을 조심스럽게 들춰내자, 체린이 살며시 눈을 감는다.

이윽고 이어지는 두 사람의 모닝 키스.

짧은 키스를 끝낸 뒤, 민철이 빙그레 웃으며 아침 인사를 건넨다.

"잘 잤어?"

"…응."

"오늘이 마지막이군."

"…그러게."

민철이 말하는 마지막이란, 신혼여행의 끝을 알리는 단어이기도 하다.

결혼식을 치르고 난 이후 4박 5일 동안 이들은 하와이에서 꿈만 같은 시간을 보내왔다.

아름다운 해변을 배경으로 둘만의 시간을 가져 왔던 민철과 체린.

그러나 이제는 다시 일상으로 돌아가야 할 때가 온 것이다.

이 두 사람이 너무 자리를 비우게 되면 곤란하다.

민철이야 어차피 자신이 할 일을 전부 매뉴얼 형태로 만들어두고 왔지만, 그 매뉴얼의 유효기간은 기껏해야 일주일을 채 넘기지 못한다.

결국 민철이 직접 가서 총괄기획부를 다시 이끌어야 한다는 소리다.

체린 또한 마찬가지다.

상오그룹에는 체린의 능력이 절실하게 필요한 시점이다.

아직 청진그룹이 정복하지 못한 요식업계를 상오그룹이 완벽하게 평정할 필요가 있다.

그러기 위해선 부지런하게 움직일 필요가 요구된다.

"우리 두 사람 다 바쁘네."

"그러게 말이야."

체린의 말에 민철이 어쩔 수 없다는 표정으로 대답해 준다.

그렇다고 모든 일을 다 내팽개칠 수도 없는 노릇 아니겠는가.

이들이 돌아갈 장소를 위해서라도, 그리고 앞으로 활약할 장소를 위해서라도 이제는 꿈속의 여행을 끝마쳐야 할 때가 온 것이다.

＊　　　＊　　　＊

총괄기획부 사무실 내에 위치한 작은 회의실.

"어디 보자… 이 부장이 다음 주 월요일부터 다시 출근하는 거, 맞지?"

"네, 맞아요."

조 실장의 물음에 대해서 태희가 재차 단답형으로 답변을 들려준다.

민철이 없는 상태에서 진행되는 회의는 말 그대로 어색함 그 자체였다.

평상시에는 민철이 한가운데에 앉고, 좌우 방향으로 각 사원들이 자리를 차지하곤 했다.

그러나 지금은 중심이 되어주는 민철 대신 조 실장이 그 자리를 꿰차게 되었다.

"다음 주부터란 말이지… 이 부장이 오면 좀 편해지겠구만."

어서 빨리 왔으면 좋겠다는 의미를 가득 담은 조 실장의 말에 모든 사원들이 어색한 웃음을 짓는다.

총괄기획부는 월요일부터 시작해서 이번 주 금요일까지, 총 5일 동안 민철이 없는 평일을 보내왔다.

사내에선 총괄기획부가 과연 잘 돌아갈 수 있을까 하는

걱정 어린 시선도 있었지만, 민철의 철저한 준비성 덕분에 5일간 아무런 사고 없이 무난하게 부서가 돌아갈 수 있었다.

물론 민철이 미리 마련해 둔 특별한 조치가 없었다 하더라도 부서는 어느 정도 돌아갔을 것이다.

하지만 그만큼 위험 부담이 상당히 컸을 테지만 말이다.

행여나 민철이 자리를 비운 사리에 사건 사고가 터지기라도 한다면 곤란하다.

그걸 미연에 방지하고자 일부러 매뉴얼 같은 걸 남기고 갈 정도였으니 말이다.

'이 부장이 오면 본격적으로 애들 진급에 관한 것도 논의를 해야겠군.'

직접 언급은 하지 않았지만, 이미 조 실장은 민철과 함께 기남과 도안, 태희의 승진을 이야기하고 있던 상황이었다.

신입들도 많이 들어왔으니, 슬슬 중간 직급 계층을 확실하게 다져 두는 편이 좋을 것 같다는 것이 민철의 의견이었다.

물론 그 점에 대해선 조 실장도 동의하는 바이다.

그래서 아마 그가 예상하고 있는 바로는, 기남이 팀장으로, 그리고 도안이 대리로, 태희가 주임으로 올라갈 확률이 크다.

도안과 태희, 둘 중에 누가 대리로 올라가느냐가 문제지만, 아무래도 조 실장으로선 도안을 대리직으로 올리는 게 더 좋아 보였기 때문에 그를 잠정적으로 대리 자리에 올릴 생각을 하고 있었다.

물론 민철이 무슨 생각을 하고 있는지에 대해선 조 실장은 정확하게 파악할 수 없다.

하나 아마 그와 비슷한 생각을 하고 있지 않을까 추측해 볼 뿐이었다.

"특별히 회의 때 보고할 만한 건 없고?"

"네."

"그럼 오늘 회의는 이 정도에서 마치도록 하지. 금요일인 만큼 가급적이면 누구 하나 야근하는 일 없이 정시에 퇴근하도록 합시다. 오케이?"

"예, 알겠습니다."

"자, 그럼 다들 열심히 일해봅시다!"

조 실장의 말과 함께 사원들이 일사불란하게 움직이기 시작한다.

그의 말마따나 오늘은 금요일이다.

즉, 주말 하루 전이기도 한 '불타는 금요일' 이기도 하다.

대개는 술자리라든지 모임 등등은 금요일 저녁에 이뤄지게 마련이다.

주 5일제를 택하고 있는 청진그룹으로선 금요일 저녁부터 주말 시작이라 봐도 무방하기 때문이다.

그런데 이런 금요일을 놔두고 야근을 한다는 건 상상만 해도 치가 떨리는 경우가 아닐까 싶다.

야근을 피하기 위해서라도 최대한 정상 근무 시간 내에 모든 업무를 끝내둬야 한다!

그런 사명감에 휩싸이게 된 사원들의 손이 점점 더 빨라진다.

*　　　*　　　*

새로 살게 된 신혼집 생활은 민철에게 있어서 새로운 자극이 되었다.

우선 가장 큰 변화는 매번 아침에 일어나면 소중한 연인이 옆에 있다는 것.

그리고 혼자 해결하던 끼니를 둘이서 같이 먹게 되었다는 것 정도가 있지 않을까 싶다.

신혼여행을 갔다 온 뒤 처음 맞이하게 된 평일 오전.

아침 7시에 절로 눈을 뜬 민철은 본래대로라면 아침에 일어나서 마나 수련 겸 명상을 하곤 했지만, 체린의 보는 눈이 있기에 차마 대놓고 할 순 없었다.

'일찍 일어나서 조깅이라도 다녀야겠군.'

마침 근처에 적당한 공원 하나가 있다.

앞으로는 아침 습관을 바꿔야 할 필요가 있음을 깨닫게 된 민철은 곧장 세수를 마친 뒤 체린이 차려준 아침 식탁에 자리를 잡는다.

본래 체린 또한 민철과 마찬가지로 9시에 정시 출근을 고집해 왔지만, 내조를 중요하게 생각하는 체린인지라 이제부터 출근 시간을 1시간 늦춰 10시에 나가기로 합의를 봤다.

대표의 딸이다 보니 출근 시간 조정은 별다른 문제 없이 가능했다.

그러나 민철은 다르다.

어디까지나 사원의 신분을 유지하고 있기에, 자신의 편의를 생각해 남들과 다르게 출근 시간을 조정, 변경할 수는 없는 노릇이다.

식사를 마친 뒤, 출근길을 서두르는 민철을 향해 체린이 현관으로 마중을 나온다.

"조심해서 잘 다녀와. 알았지?

"물론. 조금 이따 퇴근하고 다시 보도록 하지."

"응."

대답과 동시에 체린이 고개를 추켜올린다.

그게 무엇을 뜻하는지 잘 알고 있는 민철이기에 얌전히 그녀가 원하는 걸 해준다.

쪽! 소리와 함께 서로 가볍게 입술을 포갠 뒤.

"먼저 가볼게."

"저녁 먹기 전까진 꼭 들어와야 해."

"알았어."

이제는 자신의 아내가 된 체린의 배웅을 받으며 출근길에 오르기 시작한 민철.

달콤한 신혼 생활도 물론 좋지만, 오늘부터 처리해야 할 일이 한두 가지가 아니다.

'내가 없는 동안 별다른 문제는 없었겠지?'

만약 큰 사고라도 벌어졌다면, 휴가 중임에도 불구하고 자신에게 꼭 연락을 달라고 도안에게 부탁을 해놨다.

그러나 신혼여행을 보내는 동안 별다른 연락이 없던 것으로 보아선, 일단 사고는 없었던 것으로 추정된다.

하나 방심할 수는 없다.

민철의 성격상, 하나부터 열까지 그가 직접 확인하지 않으면 만족을 할 수 없기 때문이다.

그래서 일부러 귀찮더라도 매뉴얼이라는 것까지 만들어두고 신혼여행을 떠난 것이다.

"별 탈 없으면 좋으련만……."

불안한 마음을 애써 진정시키며 출근길을 서두르기 시작한다.

＊　　＊　　＊

그의 소소한 바람이 하늘에 닿았을까.

"…다행이군."

자신이 지시했던 그대로 업무 처리가 정상적으로 되어 있음을 확인한 민철이 아무도 없는 사무실 안에서 안도의 한숨을 내쉰다.

과거의 이민철이라면 이렇게 괜한 걱정은 건 하지도 않았다.

사건, 혹은 사고라도 발생했을 때에는 그가 직접 뒷수습을 하면 되니 말이다.

하지만 지금은 다르다.

직급이 오른 만큼, 그리고 사내에서 많은 집중을 받고 있는 만큼 그의 행보 하나하나가 청진그룹 내부에 커다란 영향력을 행사하게 된다.

반대로 말한다면, 처신 하나 잘못하면 졸지에 몰매를 당할수도 있다는 것을 뜻한다.

민철이 이끌고 있는 총괄기획부는 이제부터가 정말로 중

요한 시기다.

가급적이면 안 좋은 사건으로 사람들의 입에 오르락내리락하는 일은 없어야 한다.

이미 그건 황고수가 내통자로 오인을 받음으로 인해 퇴사를 겪게 된 것만으로도 충분하다.

그 이상의 일은 가급적이면 발생하지 않는 편이 좋다.

그리고 더불어 신입 사원들도 대거 뽑아뒀으니, 총괄기획부의 영향력 또한 늘려가야 할 필요성이 있다.

모처럼 장진석이 추진했던 독단적인 계획 덕분에 남우진을 비롯해 부사장 세력이 궁지에 몰려 있는 상황이다.

견제 세력이 잔뜩 위축되어 있는 만큼 세력 확장의 기회 또한 널려 있다.

한경배 회장이 방파제 역할을 해주는 틈을 타 이번 기회에 총괄기획부를 크게 성장시켜 나가야 한다.

그러기 위해서는 타 부서와의 친교 또한 신경 써야 한다.

"이제부터가… 본격적인 시작이다."

청진그룹을 자신의 손으로 차지하기 위한 계획도, 그리고 고차원적 존재들과의 내기에서 승리를 하기 위해서라도 한 걸음 나아갈 때마다 신중에 신중을 기해야 한다.

그의 최종 목표는 신과의 만남.

그리고 그 만남을 통해서 이루고 싶은 목적이 있다.

그 순간이 오기까지, 민철의 행보는 그 누구도 막을 수 없을 것이다.
　본 게임은 이제부터니까.

제2장

생신 I

이른 아침임에도 불구하고 남우진의 표정은 그리 좋지 못했다.

계속되는 회의에 회의.

사실은 회의라기보다는 그저 한경배 회장의 집착에 불과하다.

강오선 사건의 진범이 장진석이라는 것을 안 순간부터, 한경배 회장은 미친 듯이 남우진을 공격하기 시작했다.

물론 남우진이 한경배 회장의 속을 모르는 것은 아니다.

자신이 만약 한경배 회장이라 하더라도 그와 같은 행동을 취했을 것이다.

　장진석이 얼마나 괘씸할까.

　그리고 장진석의 상관이기도 한 자신이 얼마나 미울까.

　이성적으로도, 그리고 감정적으로 생각해 봐도 한경배 회장의 괴상하리만치 강한 집착은 나름 합리적인 근거를 갖추고 있다.

　한경배 회장은 자신이 정말로 장진석 전무에게 이번 사건을 지시하지 않았다는 것을 모른다.

　아니, 아마 알고 싶지도 않을 것이다.

　어찌 되었든 결과적으로 봤을 때 한경배 회장은 힘이 닿는 데까지 계속해서 자신에게 태클을 걸어올 것이었다.

　명분이라는 좋은 무기가 생겼는데, 그 무기를 사용하지 않고 무엇하랴.

　무기란 자고로 남을 공격하는 데에 존재 의의를 두고 있는 사물이다.

　공격을 하지 않으면, 무기로서의 가치가 떨어지지 않겠는가.

　한경배 회장은 어찌 보면 그 무기를 아주 잘 사용하고 있는 것일지도 모른다.

　하지만 당하는 입장에선 상당히 괴롭다.

　"어떻게 해서든 이 상황을 타개해야 할 터인데……."

생각을 해보지만, 마땅히 뭔가 괜찮은 아이디어가 없다.

뭐가 좋을까.

남우진이 계속해서 고민에 고민을 거듭해 보지만, 타개책이 없다.

그간 무수한 위기를 잘 넘겨왔던 남우진이지만, 이번만큼은 뭔가 별다른 방도가 없다.

가장 핵심적인 해결 방안은, 어떻게 해서든 장진석이 독단적으로 이번 일을 계획했다는 걸 다른 간부들에게도 어필하는 것이다.

사실은 이미 많이 늦은 감이 없지 않아 있지만, 매듭이라도 지어둬야 한경배 회장의 공격권에서 벗어날 수 있기 때문이다.

그리고 앞으로 항상 무슨 일을 추진할 때에는 강오선 사건이 언급될지도 모른다.

그것만으로도 남우진에겐 심대한 타격을 가하는 것과 다름이 없다.

"…어렵군."

의자에 몸을 묻으며 천장을 바라본다.

어차피 생각을 해봤자 마땅한 방도가 떠오르지 않는다.

만약 자신의 아들인 성진이 조금만 더 빨리 장진석 전무가 이번 강오선 사건의 진범이란 사실을 알아 왔다면, 상황은 보다 더 나아졌을 것이다.

하지만 남우진은 그런 걸로 구차하게 미련을 가지는 그런 사람이 아니었다.

"분명 뭔가 좋은 방법이 떠오를 거다, 분명히……."

위기를 타개하기 위해 오늘도 남우진의 머릿속은 복잡함 그 자체로 물들어가기 시작한다.

*　　　*　　　*

건강이 그다지 좋지 않음에도 불구하고 남우진을 향한 한경배 회장의 맹공은 계속해서 이어지고 있었다.

아마 본격적으로 자신의 후계자를 언급하고, 그 이후로 후계자로 지목된 자가 세력을 공고하게 할 때까지 한경배 회장이 정성껏 보필을 해주리라 생각된다.

그리고 아주 높은 확률로 그 후계자가 될 가능성이 있는 사람이 정해져 있었다.

바로… 총괄기획부 부장이기도 한 이민철이었다.

"…그럼 이번 회의는 여기서 마치도록 하겠습니다."

"수고하셨습니다!"

총괄기획부 자체 회의를 끝마친 뒤 민철이 자신의 자리로 돌아온다.

그러자 기다렸다는 듯이 그의 전화가 맹렬하게 신호음을 발산한다.

"여보세요?"

수화기를 들자, 익숙한 목소리가 들려온다.

―아, 이 부장인가?

목소리를 듣자마자 곧장 서진구라는 사실을 알아차린 민철이 재빠르게 대답한다.

"예, 부사장님. 접니다."

―잠깐 이번 주 금요일 저녁에 시간 되나?

"금요일… 말씀입니까?"

―그래. 설사 일이 있다 하더라도 웬만큼 급한 일이 아니면 미루고서 나와 잠시 어디 좀 가줬으면 하네만.

"마침 별다른 스케줄은 잡혀 있지 않습니다. 시간 비우는 데엔 문제가 없을 겁니다."

―그렇다면 다행이군.

"그런데 무슨 일이십니까?"

왜 시간을 내달라고 하는지에 대한 이유 정도는 들어봐야 하지 않겠는가.

일단 다른 사람도 아닌 서진구이기에 어떻게 해서든 시간을 내보겠다는 말을 먼저 하긴 했지만, 왜 그런지에 대한 이유도 궁금하다.

―다른 건 아닐세.

서진구가 너털웃음을 터뜨리면서 동시에 결코 흘려들을 수 없는 말을 전해준다.

―회장님 생신 파티에 자네를 데리고 갈까 해서 말일세.

"......!"

한경배 회장의 생일.

물론 전혀 모르고 있던 사실은 아니다.

민철이 청진그룹을 손안에 거머쥐기 위해선 절대적으로 필요한 사람이 두 명 존재한다.

그중 한 명이 현재 전화 통화 상대방이기도 한 청진건설의 서진구 부사장.

그리고 나머지 한 명이 바로 한경배 회장이다.

민철의 머릿속에 최중요 인물로 선정되어 있는 두 사람인데, 생일 일자조차 기억하고 있지 않고 있다면 오히려 말이 안 된다.

기억은 하고 있었지만, 설마 자신이 이렇게나 빠르게 생일 파티에 초대될 거라곤 생각하지 못했다.

그만큼 한경배 회장이 자신에게 보내오는 신임이 상당히 두텁다는 것을 뜻하는 게 아닐까 싶다.

―아, 그리고 자네 와이프분도 같이 데려오게나.

"예, 알겠습니다. 체린한테는 금요일 저녁에 시간을 비워

두라고 미리 말을 해두겠습니다."

　—허허, 고맙네. 그럼 그때 보도록 하지.

　"알겠습니다."

　수화기를 내려놓자마자, 기다리고 있었다는 듯이 조 실장이 눈을 흘기며 민철에게 다가와 묻는다.

　"설마 한경배 회장님 생신 파티에 초대된 거냐?"

　"예, 그런 거 같습니다."

　"이야, 이민철! 아니, 이 부장! 성장했구만! 설마 서진구 부사장님한테 직접 파티 초대를 받을 줄이야!"

　"하하… 그저 총괄기획부 부장직을 담당하고 있어서 형식상 말을 해본 게 아닐까요."

　"무슨 소리를 하는 거야. 한경배 회장님 스타일이 뭔지 모르고 하는 말이지? 그분은 말이야. 생신 파티를 하는 데 자신이 정말 중요하게, 혹은 소중하게 생각하는 사람만 따로 초대를 한다고. 대대적이고 화려한 파티는 아니지만, 생일을 함께 보내고 싶어 하는 사람들로만 따로 모아 파티를 진행한다는 건, 거기에 초대를 받은 사람들은 최소 한경배 회장님에게 절대적인 신뢰를 받고 있다는 소리와도 같으니까. 그래서 초대를 받고 못 받고가 정말 중요한 거야."

　물론 그 사실은 민철도 이미 잘 알고 있는 점이다.

　그래서 서진구가 자신에게 파티 초대를 해왔을 때 속으로 내심 놀랐던 것이다.

'예지 씨의 입김이 작용한 걸까… 아니, 원인이야 어찌 되었든 간에 결과는 내가 바라는 그대로다. 이번 기회에 좀 더 한경배 회장으로부터 신임을 얻어둘 필요가 있어.'

이것은 정말 중요한 기회다.

그 기회를 결코 놓칠 순 없다.

게다가 이번 파티는 혼자가 아니라 체린과 함께 동행이 예정되어 있다.

결혼식 이후 처음으로 한경배 회장의 앞에 두 젊은 부부가 나란히 마주 서게 되는 것이다.

체린의 지위는 상당히 중요하다.

훗날 상오그룹을 이끌어가게 될 중요한 인재 아니겠는가.

한경배 회장에게 이체린이란 사람을 소개시키는 것도 중요한 일이 될 것이다.

'여러모로 준비해야 할 게 많겠군.'

체린은 자신이 선택한 여성이다.

분명 민철이 의도하는 대로 잘 움직여 줄 것이리라 믿어 의심치 않는다.

*   *   *

저녁 7시가 다 되어가는 와중에, 민철이 슬슬 퇴근 준비를 서두르기 시작한다.

"저 먼저 가보도록 하겠습니다."

"벌써 가는 거냐?"

잔업이라도 남은 모양인지 아직까지 자리에 머물러 있던 조 실장이 슬쩍 민철에게 저녁 제안을 해본다.

"기남이하고 태희 씨, 도안이도 남아 있으니 기왕이면 같이 저녁이라도 한 끼 하자고 말하려 했더니만……."

"저녁 말입니까?"

"그래, 이야기해 줄 것도 있잖아?"

"……."

조 실장이 무엇을 의미하는 것인지 깨달은 민철이 고개를 끄덕인다.

"물론 있죠."

"어때. 저녁 먹으면서 이야기해 주는 것도 좋지 않겠어?"

"음……."

세 사람에 연관되어 있는 거라면, 승진에 관한 것이다.

신혼여행을 갔다가 다시 돌아온 민철은 그 후에도 조 실장과 긴밀하게 이야기를 주고받으며 기남과 도안, 그리고 태희까지 총 세 사람을 각각 승진을 시키기로 말을 맞춘 적이 있다.

이미 인사팀을 비롯해 상부에도 허락을 맡아뒀으니, 이들에게 말만 꺼내놓으면 된다.

하지만 오늘은 시기가 맞지 않다.

"내일 제가 따로 세 사람을 불러 이야기하겠습니다."

"오늘 많이 바쁜가 보구나."

"예, 체린에게 미리 말을 해둘 게 있어서요."

"회장님 생신 파티에 관한 거지?"

"네."

"중요한 거지. 그래, 알았다. 그럼 내일 네가 세 사람한테 직접 이야기하는 것으로 알고 있으마."

"감사합니다, 조 실장님."

"나한테 감사할 것까지야 뭐 있겠나."

다른 사원들에게는 들리지 않게끔 작은 목소리를 유지하며 비밀스런 담화를 주고받는 두 사람.

하지만 그렇다 하더라도 화연의 귀를 속일 순 없었다.

'오호라.'

그녀의 눈꼬리가 슬며시 올라간다.

승진이라.

화연의 입장에선 부러울 수도 있다.

왜냐하면 도안이라든지 태희와 입사 시기 차이가 그리 많이 나지 않기 때문이다.

그녀도 엄밀히 말하자면 승진 자격에는 부족함이 없다.

하지만 애초에 화연은 인간 세계에서 직급을 두고 논하는 것 자체에 그다지 큰 관심을 보이고 있지 않았다.

그녀는 민철처럼 반드시 자본주의의 정점에 올라야 할 의무도 없을뿐더러, 그저 민철의 곁에서 깔짝깔짝 업무를 보면서 그의 처세술과 화술을 간접적으로 배워가는 것만으로도 충분히 만족스러웠기 때문에 승진에 대한 욕심은 가지고 있지 않았다.

오히려 승진을 하게 되면, 그만큼 처리해야 할 업무량이 늘어나기 때문에 차라리 그냥 일개 사원의 신분으로 머무는 편이 화연에겐 더욱 좋은 일일지도 모른다.

아마 그걸 잘 알기에 민철도 화연에 대해서는 승진 이야기를 할 때 언급하지 않았을 것이다.

"그럼 저 먼저 퇴근하겠습니다. 여러분들도 적당히 일하다 퇴근하세요."

"네, 들어가세요!"

"수고하셨습니다, 부장님!"

사무실 내에서 가장 직급이 높은 이민철.

그가 일찌감치 퇴근을 마치면, 밑에 사원들도 눈치 보지 않고 퇴근을 할 수 있게 된다.

그 점을 잘 알고 있기에 민철은 가급적이면 일이 남아 있을 때를 제외하곤 얌전하게 퇴근을 하는 길을 선택하곤 한다.

밑의 사원들에게 마음의 짐을 덜어주는 것 또한 상관이 해야 할 책무 중 하나이기 때문이다.

여하튼 민철이 자리를 비우자, 조 실장 역시 목소리를 높이며 신입들을 포함해 다른 사원들에게 퇴근해도 좋다는 식으로 말을 건네준다.

"초반부터 너무 무리해서 달릴 생각 하지 말고, 장기 마라톤이라 보고 일찌감치 체력 보존 잘해둬. 퇴근할 사람들은 눈치 보지 말고 퇴근해도 좋으니까."

"예, 알겠습니다."

민철과 조 실장의 격려에 다른 사원들 역시 하나둘씩 퇴근 준비를 마친다.

한편, 화연이 먼저 빠르게 퇴근할 채비를 갖춘 이후에 도안과 태희, 그리고 기남의 어깨를 가볍게 한 번씩 터치하며 말한다.

"축하드려요, 세 분."

"…네?"

"무엇을요?"

영문을 모르겠다는 표정을 지어 보이는 세 사람을 향해 화연은 그저 의미심장한 미소를 지어주며 별다른 말 없이 사무실 바깥을 나설 뿐이었다.

이른 퇴근을 서두른 민철이 집으로 돌아오자마자 저녁 식
사를 차리고 있는 체린에게 오늘 있었던 사실을 솔직하게 털
어놓는다.

"한경배 회장님의 생신 파티?"

"그래."

앞치마를 두른 채 테이블 위에 오늘 일용할 저녁 식사거리
들을 이것저것 올려놓던 체린이 다시 한 번 확인하려는 듯이
묻는다.

"나도 거기에 초청되었다는 거야?"

"서진구 부사장의 말로는… 너도 데려오라 하더군."

"어머, 그건 영광이네."

체린은 자신이 한경배 회장의 생일 파티에 초대될 거라 전
혀 예상하지 못했다.

어디까지나 민철 혼자서 초청을 받으리라 생각했었는데,
자신까지 초대를 받게 될 줄이야.

아니, 다르게 생각하면 오히려 자신이 가는 게 모양새가 맞
을지도 모른다.

그녀는 상오그룹의 총수가 될 여성이다.

게다가 민철의 아내 되는 사람이기도 하고 말이다.

한경배 회장과 초면도 아니고 구면인데, 그녀를 쏙 빼놓고 민철만 오라고 말을 하는 것도 어찌 보면 사리에 맞지 않아 보였기 때문이다.

"한경배 회장님의 생신 파티라면… 아마 이번 주 금요일 저녁 즈음이겠네."

"잘 아는군."

"민철 씨에게 있어서 중요하신 분이니까 알아둘 필요가 있지. 서진구 부사장님하고 기타 중요한 사람들의 생신 정도는 나도 파악하고 있어."

"과연……."

역시 내조의 여왕답다.

본인도 상오그룹의 부사장으로서 바쁜 나날을 보내고 있을 터인데, 민철의 내조를 위해서라면 두 팔을 걷어 올리고 직접 나설 의향이 다분하다.

그 덕분에 민철은 한편으론 뿌듯함마저 느낀다.

능력 있고 내조 잘하는 여인과 결혼을 했으니 말이다.

"그때면 딱히 약속 같은 건 없어. 설사 생긴다 하더라도 민철 씨 일이니까 최우선으로 생각해 둘게."

"고마워."

"고맙긴… 당연한 일인데… 잠깐 이것 좀 옮겨줄래?"

"알았어."

체린 대신 무거운 냄비를 든 채 테이블 위에 올려놓는 민철.

오늘 저녁은 구수한 냄새가 절로 풍겨오는 된장찌개로 확정된 모양인가 보다.

결혼을 하기 전부터 신부 수업의 일환으로 요리를 집중적으로 배워온 체린이다.

예전에도 요리는 어느 정도 하는 편이었지만, 결혼 이후 보여주는 그녀의 요리 솜씨는 가히 일품이다.

특히나 민철의 입맛에 딱 맞아서 남편 입장에서는 행복한 비명을 지를 수밖에 없었다.

"맛있어?"

체린이 이제 막 한 숟가락 국물을 떠 입안에 털어 넣는 민철에게 직접적으로 질문을 해온다.

이것도 이제는 거의 통과 의례 수준으로 빈번하게 들려오는 질문이기도 하다.

그리고 대답은 한결같이 고정되어 있다.

"맛있군."

"다행이네. 오늘은 특히나 신경 좀 썼어."

그런 티가 확연하게 난다.

왜냐하면, 민철이 그의 집에서 자주 먹었던 된장찌개와 비슷한 맛이 풍겨왔기 때문이다.

"어머니한테서 직접 배운 건가?"

"응. 얼마 전에 찾아가서 배웠어. 민철 씨한테 된장찌개 해 주고 싶다고 하니까 어머님께서 엄청 신이 나서 알려주시던데?"

"하하… 그렇군."

민철의 부모님은 체린을 상당히 좋아한다.

민철보다 연상임에도 불구하고, 그리고 적지 않은 나이임에도 체린은 의외로 어르신들 앞에서 자주 애교도 부리곤 한다.

게다가 외형적으로 봐도 상당한 미인이다.

행동하며 마음가짐까지.

새아가로 들어온 며느리가 예뻐 보이지 않을 리가 없을 것이다.

그리고 민철을 최우선으로 생각하고, 내조까지도 빈틈이 없다.

어찌 체린을 싫어할 수가 있겠는가.

"곧 있으면 추석도 다가오니까, 민철 씨 부모님 한 번 또 뵈러 가야지."

"그래야겠군. 추석이라……."

대한민국이란 나라에서 살게 되면, 2번의 큰 명절을 치르게 된다.

바로 설날과 추석.

민족 대명절이라 불리는 추석이 이제 조만간 바로 눈앞으로 다가온 것이다.

그나마 다행인 점은 민철과 체린, 두 사람의 부모님이 계신 집이 상당히 가까운 편이라는 점이다.

게다가 친인척 또한 대다수 서울 근처에 살고 있다.

"지방까지 내려갈 필요는 없어서 다행이야."

체린이 진심을 담은 안도의 한숨을 내쉰다.

그녀가 처음으로 이민철 가문의 며느리로 들어간 이후 치르게 되는 명절이다.

며느리 입장에선 긴장되지 않을 수가 없을 것이다.

"명절 준비 같은 것도 서둘러야지. 한경배 회장님의 생신 파티 참가에 추석에… 바쁘네."

"너무 무리해서 하지 않아도 돼."

민철이 약간 걱정을 담아 충고를 들려주지만, 체린은 오히려 고개를 좌우로 흔들며 그의 말을 부정한다.

"아니야. 이제부터 나 혼자가 아닌 민철 씨 아내란 타이틀도 달고 있으니까 좀 더 신경 써야지."

"…그렇긴 하지."

"정 힘들다 싶으면 내가 민철 씨한테 도움을 청할 테니까.

민철 씨는 그저 외부적인 할 일에만 집중해. 알았지?"

"믿음직한 말이군."

"민철 씨 아니니까."

체린이 빙그레 웃으며 재차 민철에게 안심을 심어준다.

이제부터 민철은 보다 큰일을 해야 할 준비에 들어갈 것이다.

물론 체린 또한 잘 알고 있다.

민철의 계획이 무엇인지에 대해서도, 그리고 그가 해내야 할 일들이 얼마나 큰지에 대해서도 말이다.

그럴수록 체린은 그의 뒷바라지에 보다 더 신경을 쓸 예정이다.

자신의 남자가 성장하는 모습을 지켜보는 것만으로도 그녀는 대단히 만족스러운 기분을 느끼기 때문이다.

대한민국에… 아니, 전 세계 경제에 한 획을 그을 남자, 이민철.

자본주의의 정점에 우뚝 설 남자의 아내가 될 이체린 또한 어느 정도 각오를 굳히고 있었다.

*　　*　　*

다음 날 오전.

사내 내부적으로 사용하고 있는 모 업체의 메신저를 켠 민철이 세 명의 사원을 지목해서 각각 동일한 메시지를 따로 보낸다.

메시지의 내용은 실로 간단하다.

―같이 점심이나 할까요?

민철의 메시지를 받은 당사자들이기도 한 기남과 태희, 그리고 도안의 입장에선 거절할 이유가 없다.

딱히 점심을 같이 먹기로 한 약속도 없고, 외근 업무 같은 경우에는 조 실장과 민철이 정 바쁠 때 기남이 그 빈자리를 채워주기 위해 간혹 외근을 나갈 뿐이지, 태희와 도안은 외근 업무를 담당하고 있지 않다.

세 명의 사람들로부터 오케이 사인을 담은 메시지가 민철의 메신저 쪽지함에 차곡차곡 쌓인다.

이렇게 세 사람의 점심 약속을 받아낸 뒤, 뭔가를 미리 주섬주섬 챙겨놓기 시작한다.

이 세 사람은 한 가지 공통점을 가지고 있다.

바로 승진이 예정되어 있는 사람들이다.

물론 아직까지 당사자들에겐 승진의 '승' 자도 이야기를 들려주지 않았다.

조 실장과 더불어 긴밀하게 상의를 한 끝에, 이들의 승진 여부를 최종적으로 결정짓고 상층부에 보고를 해 승인까지

받았다.

이제 승진 대상자들에게 개별적으로 그 사실을 알려주고, 점심 식사 이후에 인사팀으로 찾아가 따로 보고를 하면 된다.

시간이 거의 12시를 가리킬 무렵.

"자, 모두 식사들 하러 가시면 됩니다."

"예!"

민철의 말에 사원들이 기운차게 외치며 자리에서 일어선다.

조 실장은 따로 외부 업체와의 미팅이 점심 약속으로 잡혀 있는 탓에 사무실에서 자리를 비운 상태였다.

그를 제외하고 모든 사원들은 각기 자신이 처리해야 할 업무를 담당하고 있었다.

아무래도 사무실 내에서 가장 높은 지위를 차지하고 있는 인물이 민철이기에, 부장인 그가 먼저 점심식사 이야기를 꺼내지 않으면 사원들 역시 쉽사리 자발적으로 움직이기 힘들다.

게다가 이들 중 대다수는 이제 근 3~4개월 정도 되는 신입사원에 불과하다.

섣불리 민철보다 먼저 점심식사를 하기 위해 자리에서 일어서기에는 눈치가 보이는 입장이기도 하다.

물론 민철도 딱히 자신의 직급을 앞세워 갑질을 하고자 하는 그런 의도는 전혀 없다.

그저 대한민국이란 풍조 자체가 이러하니, 자신의 손으론 딱히 해결을 볼 단계가 아닐지도 모른다.

사원들이 자연스럽게 자리에서 일어서 각자 점심 식사를 해결하기 위해 발걸음을 재촉할 무렵이었다.

"선배님."

신입 사원 중 몇몇이 도안에게 슬쩍 말을 걸어온다.

"무슨 일이지?"

도안이 고개를 갸우뚱하며 왜 자신을 찾는지 묻자, 신입 사원 무리 중 대표로 한 남성이 얼굴에 살짝 진지함을 머금는다.

이름은 고지서.

나이는 27살로, 민철이 뽑은 신입 사원 중에서도 가장 능력이 탁월한 젊은 남성이기도 하다.

그는 '포스트 이민철'이라 불리며, 회사 생활을 하는 동안에도 다방면으로 칭찬 세례를 받고 있었다.

게다가 인성도 좋기에 동기들 사이에서도 상당히 인기가 많은 편이다.

아직 그에게 말을 한 적은 없지만, 조만간 민철은 그를 엘리트 신입 사원 후보로 내세울 예정이다.

총괄기획부가 능력적으로 타 부서에게 인정을 받기 위해

선 부서에 있는 신입 사원이 엘리트 신입 사원으로 선출되거나 혹은 사내 자체적으로 보고 있는 영어 시험, NET에서 우수한 평균 성적을 거두는 것이 좋은 방법이다.

엘리트 신입 사원과 NET.

그중에서 민철은 특히나 엘리트 신입 사원 제도를 신경 쓰고 있다.

과거 민철이 남우진과 엘리트 신입 사원을 두고 경쟁을 펼쳤을 당시, 보이지 않았던 많은 손들이 작용했다.

결국 눈치의 왕이라 불리는 홍보팀의 구 부장이 승리를 거두게 되었지만, 이번에는 민철이 직접 그 보이지 않은 손으로 활약해 고지서를 엘리트 신입 사원 자리에 올려놓아야 한다.

이게 다 총괄기획부의 평판을 위한 일이다.

'슬슬 그 시기도 오니… 신경을 써야겠군.'

하지만 지금은 엘리트 신입 사원을 신경 쓰기보다 자신의 부하 직원들에게 승진 사실을 먼저 알려줘야 한다.

고지서와 다른 신입 사원들에게 점심 식사를 함께 하기를 권유받은 도안이었으나, 선약이 있던 터라 이들의 청을 거절할 수밖에 없었다.

"미안해. 다음에 같이 하자. 오늘은 따로 약속이 있어서……."

"그렇군요. 알겠습니다. 그럼 다음에 꼭 부탁드리겠습니다!"

"그래. 식사 맛있게 하고."

"예!"

언제 봐도 기운이 넘치는 사원들이다.

차 실장이 올 때마다 부러움의 시선을 던지는 이유도 바로 저 활기참에 있다.

여하튼 그렇게 신입 사원들의 기습 식사 제안을 뿌리친 도안이 서서히 민철에게 다가온다.

점심 식사를 위해 사무실에서 자리를 비운 사원들을 제외하고 남은 사람들은 5명.

민철과 따로 점심을 약속한 기남과 도안, 태희.

그리고 마지막으로……

"어머, 네 분이서 따로 점심을 약속하신 건가 보네요."

"……."

추화연이 활짝 웃으며 의자에서 막 일어선다.

"마침 다들 가버려서 같이 밥 먹을 사람도 없는데… 딱히 큰 문제가 되지 않는다면 저도 같이 합류해도 될까요?"

나름 오랫동안 화연과 함께해 온 민철이다.

이 정도 되면 지금 내뱉는 그녀의 말이 우연이 아닌 계획된 행동에서 도출된 결과물이란 사실 정도는 충분히 눈치만으로도 알 수 있다.

어차피 승진 여부에 대해서는 확정된 것과 다름이 없다.

게다가 화연 또한 자신의 승진에 대해 그다지 관심이 없다는 것도 민철은 잘 알고 있다.

굳이 화연을 일부러 왕따시키지 않아도 될 만한 건수이기에 그녀의 부탁을 받아들이기로 한다.

"같이 가시죠."

"고마워요. 역시 부장님밖에 없다니까요."

이렇게 해서 예정에 없던 화연까지 포함해 5명의 점심 식사 자리가 마련된다.

제3장

생신 II

청진그룹 빌딩 지하에 2층에 있는 어느 한식 가게.

"이모! 여기 주문 좀 받아주세요!"

"곧 가요!"

도안이 목소리를 높이며 주문하겠다는 듯 종업원 아주머니를 부른다.

민철을 비롯해 모든 일행이 정한 식사 메뉴를 하나씩 읊조리는 와중에, 화연이 빙그레 웃으며 다시 한 번 민철에게 양해를 구한다.

"고마워요, 이 부장님. 본래 예정에 없던 제 합류까지 용인해 주셔서 뭐라 감사의 말씀을 드려야 좋을지 모르겠어요."

"하하, 아닙니다, 화연 씨. 어차피 딱히 크게 감출 만한 건수도 아니었는걸요. 화연 씨가 있다 하더라도 문제 될 만한 사항은 아니니 너무 그렇게까지 말씀하지 않으셔도 됩니다."

"어머, 그렇게 말씀해 주시니 저야말로 황송할 따름이에요."

물론 그녀의 말이 빈말이라는 건 민철도 아주 잘 알고 있다.

추화연이 누구인가.

인간의 머리 위에서 놀고 있는 고차원적 존재의 현신체이다.

그런 그녀가 진심으로 민철에게 미안하다는 말을 건넬 리는 없을 터이다.

어차피 민철이 말한 대로, 화연이 있든 없든 크게 문제가 될 만한 요지는 없다.

어차피 화연을 포함해 모두에게 다 알려줘야 할 공지 사항이기도 하니 말이다.

이들의 승진은 어차피 결정되었다.

그저 일방적인 통보만이 남았을 뿐이다.

도안이 주문을 다 마친 뒤, 다시 민철에게 시선을 돌린다.

그가 할 말이 있어 이들과 따로 이렇게 점심 식사 자리를 마련했다는 것 정도는 쉽사리 눈치챌 만했다.

이들도 회사 생활을 하루 이틀 하는 것이 아니니 말이다.

"어흠."

잠시 헛기침을 하며 모두의 시선을 다시 한곳으로 끌어모은 민철이 서서히 입을 열기 시작한다.

"여러분들을 이곳에 모이게 한 이유는 다름이 아니라……."

기남을 비롯해 도안, 그리고 태희까지.

이들을 한 번씩 주욱 훑어본 민철이 드디어 본론으로 들어가기 위한 서두를 꺼낸다.

"승진에 관해서입니다."

"승진이라면……."

"저희가… 요?"

도안이 혹시나 하는 생각을 품으며 재차 민철에게 확인을 하기 위해 질문을 꺼낸다.

그러자 민철이 대답 대신 고개를 끄덕여 주는 것으로써 틀림없다는 의사를 대신 표현한다.

"세상에……."

믿을 수가 없다.

그런 감정이 기남을 포함해 남은 2명의 얼굴에 그대로 드러난다.

전혀 예상을 할 수가 없었기에, 오히려 승진이라는 단어가 너무나도 낯설게 다가온다.

게다가 기남을 제외하고 도안과 태희는 딱히 직급이라는 것도 없던 평사원의 삶을 걸어왔다.

이들에게 있어선 첫 승진인 셈이다.

"좀 더 구체적으로 말씀드리자면… 서 주임의 경우에는 팀장으로, 그리고 도안 씨의 경우에는 주임으로, 태희 씨는 대리직으로 승진시킬 것을 결정했습니다. 어느 분이 어느 직급을 맡게 되었다는 건 단순히 저 혼자만의 결정으로 나온 게 아니라 조 실장님을 포함해 여러 분들께 드린 자문을 통해 결정되었단 사실을 꼭 알아주셨으면 좋겠습니다."

"……."

상세한 직급 발표에 민철과 화연을 제외하고 당사자인 모두의 머릿속이 복잡해진다.

승진.

참으로 좋은 울림을 지닌 단어다.

하지만 그렇다고 무작정 승진이란 단어가 좋은 건 아니다.

직급이 올라갈수록 그에 합당하는 업무를 맡아야 하며, 그만한 책임도 따르게 되는 법이다.

더러는 농담식으로 차라리 승진 안 하고 월급이나 올려줬으면 좋겠다고 투덜투덜거리는 상관들도 있긴 하다.

그러나 모든 사람들이 승진을 중요치 않게 생각하는 것 또한 아니다.

　　"신입 사원들도 많이 들어왔고, 이제는 슬슬 중간 관리 층도 견고하게 다져 둘 필요가 있다고 생각해서 여러분들을 승진시키기로 결정했습니다. 정식 발표는 아마 오늘 오후, 혹은 내일 오전 중으로 공문을 통해 전해질 예정입니다. 그 점에 대해서 미리 숙지하고 계시면 됩니다."

　　"그치만……."

　　승진 대상자 중, 태희가 뭔가 할 말이 남았다는 듯이 살짝 망설이는 모습을 보여준다.

　　"무슨 문제라도 있으신가요?"

　　"……."

　　"여기서 이야기할 만한 게 아니라면, 나중에 따로 저한테 말씀해 주서도 됩니다."

　　민감한 문제라도 되는 것일까.

　　태희의 애매모호한 태도에 순간 다른 사람의 귀에 들어가면 문제가 될 만한 요지를 갖춘 이야기일지도 모른다는 생각이 든 민철이 빠르게 대안을 제시해 준다.

　　그러나 태희는 고개를 저어 보이며 방금 전, 자신이 제기하려던 의문점을 털어놓기로 결정한다.

　　"전… 아직 승진할 만한 경력을 보유하고 있는 것도 아니고, 그리고 엄밀히 따지자면 계약직에서 운이 좋아서 정직원이 된 케이스라… 차라리 화연 씨가 더 대리직에 어울리지 않을까요? 저보다 사내 근무 경력은 화연 씨가 더 높다고 생각해요."

"그 점에 대해서는 전 이렇게 생각합니다."

민철이 그녀의 말을 잠시 끊은 뒤 또 다른 일면에서 본 관점을 전해준다.

"비록 태희 씨가 청진그룹 본사에 합류한 지는 얼마 되지 않았지만, 심곡 지점에서 일했던 기간까지 따진다면 오히려 도안 씨보다도 더 오랫동안 일을 한 셈입니다. 중간에 심곡 지점을 퇴사하긴 했지만, 그래도 경력을 기준으로 생각한다면 태희 씨도 결코 부족하진 않다고 판단했기에 태희 씨를 대리직으로 올리기로 결정한 겁니다. 그리고 무엇보다도 '회사 경력' 보다 저와 조 실장님은 '총괄기획부 근무 경력' 을 더 높게 치기로 했습니다. 여타 다른 부서들에 비해서 명확하게 정해진 업무도 없고, 그리고 경계선이 확실한 업무도 없지요. 어찌 보면 모호한 업무이기에 보다 더 이 업무를 다룬 적이 많은 사람이 더 높은 계급에 올라서야 한다고 생각합니다. 그 점을 놓고 보자면 태희 씨만 한 인재가 없다고 생각하기에 이런 결정을 내리게 되었다고 보시면 됩니다."

"……."

"그리고 화연 씨의 경우에는 걱정하지 않으셔도 됩니다. 승진에 대해서는 이미 제가 다 양해를 구해놨고, 화연 씨도 언젠가는 때가 되면 적정한 타이밍에 승진을 시켜줄 생각이거든요."

민철의 입에서 들려온 화연에 관한 정보들은 물론 당사자인 추화연, 본인도 처음 듣는 말들이다.

실제로 민철의 말이 진실인지 거짓인지에 대해서는 화연도 알지 못한다.

그래도 어쩌하랴.

화연이 승진에 관심이 없는 건 사실이지만, 그렇다고 '전고차원적 존재이기 때문에 인간계 회사의 승진 따위엔 신경 쓰지 않기로 했습니다'라고 말할 수도 없는 노릇 아닌가.

이럴 때는 그냥 민철의 말에 적당히 어울려 주는 것도 하나의 방법이리라.

"네, 맞아요. 이 부장님이 저와 단둘이 오랫동안 그 이야기를 주고받았죠."

"……."

화연 또한 없던 이야기를 지어낸다.

둘이서 따로 시간을 내어 이야기한 적은 없다.

하나 민철도 거짓말을 했으니, 화연 또한 거짓말로 응수하겠다는 의지가 강하게 보였기에 민철도 별다른 말은 하지 않기로 한다.

선공을 가한 건 민철이었으니까.

"아무쪼록 너무 큰 부담 가지지 마세요."

화연이 민철의 말에 지원사격을 보내온다.

태희가 대리직을 차지하게 된 것에 대해 불편하게 생각하고 있는 요소는 정확하게 말하자면 화연의 존재도 어느 정도 영향을 미치고 있었다.

그런데 당사자인 화연이 직접 나서 괜찮다고 계속적으로 말해주면, 태희 또한 마음의 짐을 덜 수 있을 것이다.

'인간이란 참으로… 피곤한 존재로군.'

물론, 속으론 귀찮아 죽겠다는 마음을 잔뜩 토로하는 중이었지만 말이다.

"화연 씨가 그렇게까지 말씀해 주신다면… 저, 열심히 해볼게요!"

"호호, 앞으로도 잘 부탁드려요."

"네!"

이렇게 해서 태희에 관한 갈등은 빠르게 해결되었다.

기남도, 그리고 도안도 딱히 자신들의 승진에 대해선 별다른 문제나 이의를 제기하지 않았기에 민철이 통보한 그대로 승진 공표를 받아들이기로 한다.

3명의 사원들이 승진을 함으로 인해 총괄기획부는 외부적

으로도, 그리고 내부적으로도 더더욱 그 세력을 공고히 하게
된다.

*　　　*　　　*

올해 81세의 나이를 맞이하게 된 한경배 회장.

고령임에도 불구하고 그는 계속해서 청진그룹 본사를 오
가며 중추적인 역할을 소화해 내는 대단한 정력을 보여줬다.

하나 그것도 재작년까지의 일이었다.

이제는 거동조차 불편해 외부 행사가 있을 경우는 거의 없
다시피 하다.

물론 민철과 체린, 두 사람의 결혼식에는 가긴 했으나, 그
이외의 외부 일은 최대한 자제를 하는 중이다.

그의 81번째 생일이 바로 이번 주 금요일 저녁에 펼쳐지게
된다.

장소는 한경배 회장이 머물고 있는 저택 마당 앞.

호화스럽다기보다는 조촐하게, 그리고 한경배 회장이 그
간 믿고 의지하는 자신의 식구들을 초청하는 그런 형태의 행
사라고 보면 되지 않을까 싶다.

현재는 원수같이 지내곤 있지만, 그래도 과거에는 한때 한
경배 회장과 같은 뜻을 품으며 청진그룹을 일궈낸 주역 중 한

명인 남우진과 그의 아들인 남성진도 이번 행사에 초청되었다.

딱히 한경배 회장도 남우진을 인간적으로 미워하는 건 아니다.

그러나 지금의 남우진은 과거에 한경배 회장이 알던 남우진이란 남자의 모습에서 너무 탈피되어 속물 같은 면모가 많이 보이는 터라 그에게 정신을 차리라는 식으로 채찍질을 자주 하게 되었을 뿐이다.

항상 모든 인간관계가 그렇듯, 부하와 상관, 그리고 사업 파트너 등등 업무적인 관계를 떠나선 인간적으로 미워할 만한 사람은 거의 없다.

사람 대 사람으로 만나면 다 좋은 자들이다.

하나 거기에 또 다른 이해관계가 얽히게 되면 그때부터 미묘하게 사이가 틀어지는 경우도 종종 발생한다.

아마 한경배 회장과 남우진 부사장의 경우도 그런 편이 아닐까 싶다.

둘이 서로 적대적인 관계를 유지하곤 있지만, 그래도 지향하고 있는 바는 같다.

청진그룹의 성장.

이 한 가지 목적은 동일하나, 그 수단에서 차이가 많이 나는 셈이다.

그 덕분에 아직까지도 두 사람은 서로의 세력을 견제할 수밖에 없는 것이다.

그래도 한경배 회장의 생일인 만큼, 남우진도 이번에는 업무적인 관계를 떠나서 별다른 부담 없이 그의 생일 파티에 잠시 모습을 드러내고 올 생각을 가지고 있었다.

저쪽에서 기껏 초대를 했는데, 여기서 거절하게 된다면 한경배 회장과 완전히 척을 진다는 의미와도 같기 때문이다.

지금 공격권은 한경배 회장이 가지고 있다.

그의 의사에 반하는 행동을 하게 된다면, 또 어떤 필살기 공격이 떨어질지 모르기 때문에 지금은 그저 잔잔한 시냇물이 흐르듯 조용히 행동하면 된다.

남우진, 남성진 부자는 청진그룹이 최고의 자리에 서기까지 큰 공을 세운 간부들, 그리고 외부인들과 함께 한경배 회장의 저택으로 향할 예정이다.

물론 강오선은 여기서 제외되었다.

제아무리 예전에 뜻을 같이한 동료라 하더라도, 강오선은 이번에 넘지 말아야 할 선을 넘고 말았다.

아마 강오선도 잘 알고 있을 것이다.

자신이 얼마나 멍청한 짓을 했는지 말이다.

한경배 회장의 생일 파티에 대한 소문이 사내에도 급속도로 퍼지기 시작한다.

중요한 행사이니만큼 사원들 또한 귀를 기울일 수밖에 없다.

하나 그중에는 노골적으로 행사 참여에 대해 귀찮음을 표현하는 사람도 있었다.

"꼭 가야 하나……"

늘어지게 한숨을 내쉬며 천장을 바라보는 남자, 구인성 부장이 한경배 회장 측근이 들으면 엄청난 분노를 터뜨릴 법한 소리를 아무렇지도 않게 내뱉는다.

바로 근처에서 일을 하고 있던 대민이 썩은 웃음을 내지으며 구 부장에게 말조심해야 한다는 의미를 담아 작게 경고한다.

"그러다가 회장님한테 찍히기라도 하시면 어떻게 하려고요."

"그건 좀 난감하지. 하지만… 왜 내가 이 행사에 초청받은 건지 모르겠단 말이야."

"이번에는 좀 규모를 크게 하려나 보죠. 듣자하니 인사팀의 차원소 실장도 간다 들었습니다."

"차원소… 그 친구야 뭐 윗사람들에게 평소에도 잘 보이던 친구니까."

웬만한 부장급들도 거의 다 한경배 회장의 생일 파티에 초청을 받게 되었다.

재작년까지만 하더라도 부장급들을 비롯해 실장급 등의 사원 계급이 이렇게 대대적으로 생일 파티에 초청받은 적이 없었다.

그러나 이번에는 이야기가 달랐다.

"구 부장님 말씀대로… 왜 갑자기 부장급들을 비롯해서 직급 있는 사원들까지 초청을 한 걸까요?"

대민이 궁금증을 드러내자, 천장을 계속 응시하던 구 부장이 별거 아니라는 식으로 말을 내뱉는다.

"뻔하잖아."

"구 부장님은 아시는 겁니까?"

"그럼 내가 모를 줄 알았냐?"

"방금 전까지만 하더라도 '왜 내가 초청받았지?!' 라고 말씀하셔서 전 분명 철썩같이 모르실 거라 생각했습니다만……."

"이 친구, 아직 눈치가 없구만. 그건 그냥 해본 말이라고."

구 부장도 나름 오랫동안 사내에서 일해온 사람이다.

게다가 그가 누구인가.

눈치의 왕이라 불리는 남자 아니겠는가.

"아마 이민철 때문일 거야."

그가 작은 목소리로 자신의 추측을 내세운다.

"민철 씨… 때문이요?"

도저히 이해가 안 간다는 표정으로 묻는 대민을 위해서 구 부장이 다시금 설명을 들려주기 시작한다.

"이번에 민철이가… 아니지, 이제 그 녀석도 부장이니까 함부로 하대하는 발언을 쓰면 안 되겠구나. 어흠."

재차 말을 선회하는 구 부장이 다시금 입을 연다.

"이민철 부장이 파티에 초청받은 거, 너도 알고 있겠지?"

"예. 얼마 전에 휴게실에서 만났을 때, 민철 씨에게 들었습니다."

"이 부장은 부장급들 중에서도 경력으로 따져도, 그리고 나이로 따져도 가장 막내 아니냐. 그렇지?"

"네… 아무래도 그렇게 되겠지요."

"그런데 다른 부장급들을 놔두고 이민철 부장만 딸랑 한 명 부른다는 건 다른 부장들의 반발을 사게 되는 거지. 상관에게 잘 보이고 싶지 않은 사원이 어디 있겠냐. 게다가 부장급 정도 되면 알아서 상관들에게 이리저리 잘 대접하고, 더불어 자신도 그 상관 덕분에 회사 생활 조금 편하게 보내고자 하는 욕심 정도는 다 가지고 있다고."

"부장님도 그렇습니까?"

"당연하지. 나만큼 회사 생활 편하게 보내고 싶어 하는 사람이 또 어디 있다고."

"하하……."

아마 자기 자신을 학대하면서까지 순수하게 업무에 매달릴 법한 사람은 아마 황고수 같은 부류의 인간이 아닐까 싶다.

"여하튼 다시 이야기를 돌리자면, 한경배 회장이 보통 사람이냐? 아니잖아. 부장급 중에서도 이민철 부장 혼자만 초대하면 대놓고 이민철 부장을 편애한다는 증거밖에 안 되니까 일부러 그 사실을 감추기 위해서라도 다른 부장급들도 함께 초청하게 된 거다. 알겠지?"

"…그런 속사정이 있군요."

"결국 회사라는 건 말이다. 라인이야, 라인. 누구의 라인을 타느냐에 따라 회사 생활을 잘 보내고 못 보내고가 갈리는 거지."

"그럼 구 부장님은 어느 라인이십니까?"

"나야 뭐… 예정부터 정해진 라인이 있었거든."

"그렇게나 전부터 결정하셨나요?!"

"그럼~ 당연하지."

역시 이런 방면으로는 철두철미한 면모를 보여주는 구인성 부장이다.

겉으로 보기에는 나태하고 별 의욕 없어 보이는 사람처럼 느껴질지도 모르지만, 속은 누구보다도 여우이면서 동시에 능구렁이다.

이미 그의 머릿속은 누구의 라인을 타야 청진그룹 내부에 계속적으로 남아서 안정적인 월급을 받으며 살아갈 수 있을지에 대한 고심이 끝난 상황이었다.

"회장님 라인입니까? 아니면 부사장님 라인? 가만… 요즘 세력 싸움으로 보자면 아무래도 남우진 부사장님이 고전을 면치 못하고 있으니까… 회장님 라인을 타실 생각인가 보군요."

대민이 온갖 추측을 난무하자, 구 부장이 들고 있던 종이 하나를 말아 쥐며 가볍게 그의 머리를 툭 친다.

"얌마, 다 들릴라. 호들갑 떨지 말고 조용히 말해."

"하하… 죄, 죄송합니다. 저도 모르게 흥분을 해서……."

그래도 구 부장이 누구의 라인을 타게 되었는지에 대해선 반드기 꼭 듣고 싶다는 열의를 불태우는 대민이 목소리를 낮추며 다시금 물어온다.

"그래서 어느 라인이십니까?"

"…너, 진짜 끈질기구나."

"저도 구 부장님이랑 같은 라인을 타려고요, 헤헤헤."

"이 녀석이 참……."

구 부장은 눈치라는 면에 있어선 가히 톱을 달리는 인물이다.

대민이 그 사실을 모를 리가 있겠는가.

여러 가지 정황으로 따져봤을 때, 구 부장이 선택한 인물의 라인을 타는 것이 대민에게도 안정적인 투자 방법이란 생각이 들었기에 이렇게 집착을 보이는 것이다.

"어쩔 수 없지. 이건 누구한테 함부로 말하면 안 된다."

"제가 얼마나 입이 무거운데요! 걱정하지 않으셔도 됩니다!"

자신의 가슴을 탕탕 쳐 보이며 강한 자신감을 드러내는 대민.

그러나 대민의 입사 초기 모습부터 시작해 지금까지 그를 보아온 구 부장이었기 때문에 그다지 신뢰가 갈 법한 발언은 아니었다.

그래도 사랑하는 부하 직원을 위해서라면 기꺼이 자신의 선택지를 들려주는 것 정돈 할 수 있지 않을까.

"난 말이다……."

구 부장이 옅은 미소를 지으며 천천히 말을 이어간다.

한경배 회장, 아니면 남우진 부사장.

둘 중 누구일지 고민하던 대민을 향해 전혀 예상하지 못한 인물의 이름이 들려오기 시작한다.

"이민철 라인을 탔다."

＊　　　＊　　　＊

"흐음."

전신거울 앞에서 다시금 넥타이를 이리저리 조여 매보는 민철.

한동안 그렇게 넥타이와 씨름을 벌이던 민철의 귓가에 방문이 열리는 소리가 들린다.

동시에 방 안에서 민철의 넥타이 씨름과 차원이 다른 옷과의 전쟁을 펼치고 나온 체린이 가볍게 드레스의 끝자락을 들어 보인다.

"이 정도면 어때?"

강렬한 자주색의 드레스.

쇄골부터 시작해서 가슴 계곡 쪽이 움푹 파인, 다소 노출도가 있는 그런 드레스였다.

몸매에 웬만큼 자신감을 가지고 있지 않다면 입기에 약간 거부감이 드는 부류의 드레스지만, 체린의 볼륨감 있는 서구적인 몸매는 무난하게 자주색의 드레스를 소화하고 있었다.

가볍게 한 바퀴 몸을 회전하며 돌아보는 체린을 향해 민철이 단답형 대답을 들려준다.

"나쁘지 않군."

"정말?"

"위에 뭔가 하나 걸치고 가면 좋겠어. 출퇴근하면서 느낀 건데, 여름 시즌답지 않게 제법 추웠으니까."

"알았어."

괜히 어쭙잖게 한경배 회장의 생일 축하 파티라고 해서 옷을 얇게 입고 갔다가 감기라도 걸리고 돌아온다면 낭패다.

"걸칠 거 하나 가지고 내려갈게."

"차 가지고 올 테니까 밑으로 바로 내려와."

"응."

먼저 집 바깥으로 나온 민철이 체린과 자신의 차 중 어느 것을 끌고 갈까 고민하다가 결국 자신의 차를 선택한다.

사소한 선택지일지 모르지만, 국산 차냐 외제 차냐 하는 중대한 갈림길이기도 했다.

참고로 국산 차는 민철의 것이고 외제 차는 체린의 것이다.

물론 민철도 외제 차를 마련할 순 있었지만, 상오그룹 대표의 딸과 결혼한 뒤로 막강한 재력을 갖추게 되었다는 사실을 굳이 외부에 공표하고 다니고 싶지 않았고, 일부러 검소함을 유지하기 위해서라도 자신의 차량을 타고 다닌다.

아파트 입구 앞에 차량을 잠시 정차시키자, 그사이에 드레스와 마찬가지로 같은 색으로 디자인되어 있는 자주색의 하이힐을 신고 등장한 체린이 조심스럽게 걸어가 조수석에 탑승한다.

"가는 데까지 얼마나 걸릴까?"

"대략… 50분 정도 잡으면 되겠군."

"머네."

"퇴근 시간이기도 하니까."

현재 시각, 저녁 6시 반.

사람들이 한창 퇴근길을 재촉하는 시간대이기도 하다.

제아무리 민철이라 하더라도 차가 밀릴 걸 생각하면 벌써부터 머리가 지끈거려 온다.

만약 혼자서 가기로 했었다면, 텔레포트를 통해서 한경배 회장의 저택까지 바로 날아갔을 것이다.

하나 체린까지 데리고 가야 하니, 마법으로 이동하는 건 포기하는 게 좋다.

자신의 미래 계획을 체린과 공유하긴 했지만, 그렇다고 신과의 만남과 더불어 마법의 존재까지 모든 걸 털어놓을 순 없었다.

말한다 하더라도 미친놈 취급받을 가능성이 크긴 하지만 말이다.

포기하면 편하다.

모 유명한 농구 만화에 나오는 대사처럼, 그냥 모든 것을 내려놓고 퇴근 지옥에 뛰어들기로 결심한 민철.

'…이것도 고역이군.'

이 세계로 넘어온 지도 꽤 오래 지났지만, 여전히 익숙해지지 않는 것이 바로 서울의 교통 체증이다.

운전대를 잡은 그의 손에 힘이 들어가기 시작한다.

*　　　*　　　*

한경배 회장의 직접적인 초청을 받은 인사들이 한두 명씩 저택에 모습을 드러내기 시작한다.

물론 그중에는 남우진, 남성진 부자도 포함되어 있었다.

"…여기군."

실로 오랜만에 와보는 한경배 회장의 저택 전경에 남우진이 자신도 모르게 짧은 탄식을 자아낸다.

한경배 회장과 사이가 틀어진 이후로 사실 오랫동안 자주 찾지 못한 장소이기도 하다.

그런데 설마 이런 식으로 여기에 다시 오게 될 줄이야.

"못 본 사이에 주변 환경이 꽤나 많이 바뀌었구만."

조성도 잘되어 있다.

한경배 회장은 자신의 앞마당 조경을 꾸미는 소소한 취미를 가지고 있었다.

지금은 거동이 불편해 직접 정원을 손질하거나 그러진 못하지만, 한때는 그것이 그의 취미였기에 지금도 사람을 시켜 꾸준히 잘 관리를 하는 편이다.

남우진이 타고 온 차량에 같이 몸을 싣고 오게 된 남성진과 그의 어머니도 동시에 하차한다.

"여보, 정말 저희가 여길 와도 괜찮은 걸까요?"

그의 아내가 걱정스러운 마음을 감추지 못하며 묻자, 남우진은 오히려 담담하게 해답을 제시해준다.

"죄를 지은 것도 아니니까 주눅 들지 말고 평소처럼 행동해. 알고 있겠지?"

"…알았어요."

남우진 내외가 기대감 반, 불안감 반이라는 미묘한 감정을 지닌 채 한경배 회장의 저택 안으로 들어선다.

때마침 먼저 온 사람들도 몇몇 있는 터라 크게 어색하진 않다.

"아, 남우진 부사장님!"

"일찍 오셨군요!"

사내에서도 몇몇 안면을 익힌 인사들이 남우진을 반긴다.

그의 아내와 더불어 멀찌감치서 함께 이들과 동행하게 된 남성진 역시 가볍게 고개를 숙이며 그들에게 짧은 인사를 건네준다.

"여러모로 사건도 있고 해서 안 오실 거란 생각도 했었는데… 그래도 이렇게 와주시니 다행이군요."

"다른 사람도 아니고, 회장님 생신인데 와야지요."

"아무렴, 그렇고말고요!"

격한 공감을 하듯 연신 고개를 끄덕이는 한 중년 남성.

그의 곁에 있던 다른 남자 역시 그 말에 공감한다는 식으로 한마디를 보탠다.

"청진그룹이 비록 내적으로 좀 시끌벅적하긴 하지만, 그래도 다 같은 동료 아니겠습니까. 이럴 때일수록 같이 힘을 합쳐 회사를 키워 나가야지요. 안 그렇습니까, 남우진 부사장님."

"그렇고말고요."

"하하, 오늘은 서로 업무적인 적대 관계 이런 거 없이 즐겨 봅시다! 회장님께서도 분명 그러라고 하실 겁니다!"

"예, 알겠습니다."

화합과 평화.

물론 좋은 단어다.

하지만 남우진의 눈과 귀는 이들의 말을 전적으로 신뢰하지 않는다.

오히려 거짓된 감언이설로 대통합을 이뤄보자는 얄팍한 꼼수로밖에 보이지 않는다.

이도 저도 아닌 자들.

아니, 두 세력에 발을 걸쳐 여차하면 유리한 쪽에 붙어 어떻게든 자신들의 밥그릇을 지키고 싶다는 그런 의도가 과분하다 싶을 정도로 느껴진다.

물론 그들의 방식이 잘못된 거라 채찍질할 생각도 없다.

본래 사람이라 함은 이기적인 생물이니 말이다.

"그나저나 회장님은 어디 계시는지요."

"잠깐 거실에 계십니다. 아마 사람들이 다 모이고 나면 그때 슬슬 돌아다니시면서 직접 한 명씩 만나 뵐 거 같습니다."

"그렇군요."

회장은 몸이 불편하고 기력이 약해진지라 그 정도는 남우진도 충분히 이해할 수 있었다.

어차피 이곳은 한경배 회장이 주인공인 파티장이다.

게다가 남우진 또한 평소 한경배 회장과 강오선 사건을 이유로 토론의 장을 열고자 여기까지 찾아온 것이 아니다.

순수한 의미로 한경배 회장의 생일을 축하해 주기 위해 온 것이다.

지금은 서로 등을 지고 있다 하더라도, 한때는 남우진이 모시던 자 아니겠는가.

그도 업무 관계를 떠나서 사람과 사람으로 만날 때엔 늘상 한경배 회장에게 존경심을 품고 있다.

"화합이라……."

남우진이 자신도 모르게 방금 들었던 단어를 재차 중얼거려 본다.

"…그런 기회가 온다면 정말 좋겠군……."

제4장

뒷거래

차량을 이끌고 근처에 마련되어 있는 공용 주차장에 차를 정차시킨 민철이 먼저 차량에서 하차한다.

뒤이어 조수석의 차문을 열며 자신의 아내이기도 한 체린을 향해 오른손을 뻗는다.

"손을 잡으시지요, 레이디."

"어머, 고마워요."

체린 또한 민철의 상황극에 어울려 주며 하차를 한다.

생각보다 그리 오래 걸리진 않았다.

그 점을 다행으로 생각하며 한경배 회장이 머물고 있는 지택을 향해 발걸음을 옮기려던 찰나였다.

"……?"

안주머니에서 낯설지 않은 진동이 느껴진다.

양복 재킷 안에 손을 넣은 민철이 자신의 스마트폰을 꺼내 전화를 걸어오는 상대방의 이름을 눈으로 확인한다.

상당히 익숙한 이름이다.

왜냐하면, 한때 민철이 상관으로 모셨던 남자였으니 말이다.

—여보세요?

"접니다, 구 부장님. 무슨 일이신가요?"

구 부장이 자신에게 전화를 걸어온 이유에 대해선 얼추 예상이 가능하다.

그 또한 이번 한경배 회장의 생일 파티에 초청을 받게 되었다.

이런 행사에는 자주 얼굴을 내비치지 않았던 구 부장이기에, 웬만하면 아는 사람과 같이 저택에 들어가고 싶어 할 것이다.

그리고 민철의 예상대로, 구 부장이 저택으로 입장하기 전에 선뜻 합류를 먼저 제안한다.

—거기 가면 어차피 그리 친한 사람들도 별로 없는데, 같이 좀 가줄 수 있겠냐?

"하하, 여부가 있겠습니까. 지금 어디 계신가요?"

—오르막길 쪽 위의 계단에 있다. 거기 알지? 저택에서 코너 돌면 보이는 그곳.

"예, 압니다. 바로 그쪽으로 가겠습니다."

—그래, 기다리고 있으마.

짧은 통화를 끝내자, 체린이 기다렸다는 듯이 민철에게 방금 주고받은 통화 내역에 대해 묻는다.

"누구한테서 온 건데?"

"홍보팀의 구인성 부장."

"구 부장님이라면… 저번에 체육대회 때 만나 뵈었던 그분 맞지?"

"잘 기억하는군."

"예전 민철 씨 상사님이시잖아. 잊을 리가 있겠어? 그런데 왜 전화하셨대?"

"혼자 가면 심심하니까, 우리랑 같이 가고 싶다는군."

"그래? 그럼 같이 가야지."

체린도 허락했으니, 구 부장과의 합류는 그리 어렵지 않을 것으로 예상된다.

그리고 어차피 세력 싸움으로 가게 되면, 민철이 이끄는 총괄기획부를 전적으로 도와줄 부서가 몇몇 정도는 필요하다.

민철은 그 서포터 세력 중 하나를 바로 홍보팀으로 점찍고 있었다.

구인성 부장 역시 자신을 신뢰하고 있는 편이니 말이다.

'그래도 섣불리 내가 먼저 100퍼센트 신용하는 식으로 행동해서는 안 된다. 어디까지나 그 사람의 눈치는 보통이 아니니까.'

언제나 조심, 그리고 또 조심해야 한다.

이제부터가 민철의 계획에 정말 중요한 부분이니 말이다.

* * *

"……."

파티가 무르익어 갈 무렵.

남성진의 입장에선 지금 당장에라도 집으로 돌아가고 싶은 심정뿐이었다.

파티 자체도 재미가 없을뿐더러, 굳이 자신이 이곳에 남아 있어야 하는 이유도 몰랐다.

성진은 상당히 프라이드가 높은 남자다.

그런 그가 이번 강오선 내통자 사건으로 인해 회장 세력에게 대파를 당하고, 패배자의 신분에서 이번 파티에 참가하게 되었다.

어찌 마음대로 즐길 기분이 나겠는가.

물론 남우진은 이럴 때일수록 침착하고 대범하게 행동하라 말하지만, 남성진은 파티장에 들어갔다간 분통이 터질 것같아 일부러 입구 근처에서 서성이고 있었다.

하나 그의 결정은 뜻밖의 만남을 만드는 과정으로 작용하게 되었다.

"혹시… 성진 씨 아닙니까?"

"……!"

목소리를 듣자마자 혹시나 하는 생각으로 시선을 돌리는 남성진.

그러자 그의 시야에 익숙한 남자 한 명이 모습을 드러낸다.

"안 들어가시고 여기서 뭐하시는 겁니까?"

바로 그의 최대 라이벌이라 불리는 이민철이었다.

"잠시 바람 좀 쐬고 있었습니다. 사람 많은 곳을 별로 좋아하지 않아서요."

"과연… 그랬군요. 아, 이쪽은…….'

때마침 소개를 위해 민철이 자신의 옆에 서 있던 아리따운 여성을 가리킨다.

"저의 반려자가 된 이체린이라고 합니다."

"이체린이에요. 민철 씨 통해서 많이 들었어요."

물론 성진도 체린에 대해서는 잘 알고 있다.

동기들과 함께 민철의 결혼식에 참가했는데, 그의 신부 되는 사람이 누군지 모른다는 게 말이 안 된다.

더욱이 체린은 평범한 여성이 아니다.

요식업계에서 한창 매서운 상승세를 보이고 있는 상오그룹 대표의 딸이기도 하다.

이민철이라는 남자도 범상치 않은데, 그의 반려자가 된 여인 또한 함부로 볼 수 없는 인재다.

"남성진이라고 합니다. 잘 부탁드리겠습니다."

"저야말로 잘 부탁드려요."

서로 가볍게 목례를 주고받은 뒤, 이민철 부부와 함께 걸음을 해온 또 다른 인물인 구 부장이 성진에게 넌지시 말을 건넨다.

"자네는 안 들어가나?"

"조금만 더 있다가 들어가겠습니다."

"…알았네."

역시 눈치 9단답게 구 부장이 곧장 자신이 건네 말을 거둬들인다.

딱 봐도 이 장소를 싫어하는 듯한 그런 아우라가 절로 느껴지는데, 굳이 끈질기게 동행을 강요해 봤자 무슨 소용일까.

그저 그러려니 하고 짐짓 모른 척을 하는 게 인지상정이다.

저택 안으로 들어서자, 체린이 작은 감탄사를 들려준다.

"어머나……."

예쁘게 조성되어 있는 정원의 조경이 체린의 시야를 빼앗는다.

오밤중이라 조명의 빛과 잘 어울려 낮에 볼 수 없는 또 다른 아름다움을 자아낸다.

"…예뻐라."

"회장님의 취미 생활 중 하나야. 나도 저번에 몇 번 본 적이 있었지."

"괜찮네… 우리도 차라리 독립 저택으로 이사를 할 걸 그랬나 봐."

"하하, 이제 와서 후회해 봤자 늦었지."

이미 신혼 생활은 근처 아파트에서 살림을 차린 지 오래다.

물론 월세, 전세도 아니기에 따로 저택을 구입하고 그쪽으로 바로 들어가도 상관은 없지만, 아무래도 그건 돈 낭비가 아닐까 싶다.

저택 안으로 들어서자마자, 익숙한 인물이 말을 걸어온다.

"구 부장님! 이 부장!"

"어이쿠, 차 실장 아닌가!"

구인성 부장의 얼굴에 혈색이 돌아온다.

여길 돌아봐도 간부, 저길 돌아봐도 간부.

최소 이사 이상의 직급을 가진 상관들만 즐비해 있으니, 구 부장의 성격상 이런 자리는 상당히 꺼림칙한 곳 중 하나라 느껴질지도 모른다.

그래서 자신과 같은 부장급 동료를 찾으려 했으나, 이미 그들은 자신들의 상관과 붙어 다니며 부하 직원다운 면모(?)를 발휘하고 있었다.

사회생활이란 본래 그런 거 아니겠는가.

그래서 더더욱 심심하던 찰나에, 때마침 차원소 실장이 두 사람을 부른 것이다.

"오늘따라 차 실장이 왜 이리도 반가운지 모르겠구만!"

"평소에도 절 그렇게 좀 챙겨주시면 좋겠습니다만."

"어허, 이 사람이. 홍보팀이 무슨 힘이 있다고 인사팀을 챙기는가. 오히려 인사팀이 우리를 챙겨줘야지."

듣고 보면 맞는 말이긴 하다.

인력 관리 측면에선 인사팀이 보다 더 강한 영향력을 지니고 있다.

여하튼 서로 그렇게 친목을 다질 무렵, 체린과 거의 동급의 아름다움을 자아내는 한 젊은 여성이 조심스럽게 이민철 부부에게 다가온다.

"안녕하세요, 이 부장님. 그리고 체린 언니."

"아… 예지 씨."

한경배 회장의 손녀딸인 예지가 실크 원단으로 반짝이는 드레스 차림을 갖춘 채 두 사람을 맞이한다.

체린의 성숙미와 반대되는 상큼함이 묻어 나오는 매력을 지닌 여성, 한예지.

그녀의 등장에 체린이 입가에 환하게 미소를 지어 보인다.

"그동안 잘 지냈어?"

"네, 언니는… 별일 없으셨죠?"

"나야 뭐… 결혼 준비 빼고는 딱히 큰일이라고 할 만한 건 없었으니까."

이미 결혼식을 치를 때에도 예지와 따로 이런저런 이야기를 많이 나눴다.

두 사람은 강오선 사건이 발생했을 당시, 서로 언니 동생이라 부를 만큼 사이가 가까워졌다.

예지에게는 의지가 될 만한 언니가 필요했고, 체린에겐 청진그룹의 손녀딸이라는 적지 않은 영향력을 지닌 예지가 필요했다.

공적으로도, 그리고 사적으로도 서로 이해관계가 딱 맞아떨어진 사례가 아닐까 싶다.

"너 혼자니?"

체린이 예지의 등을 가볍게 쓰다듬어 주며 묻자, 그녀가 미세하게 고개를 끄덕인다.

"네… 아, 조만간 회장님께서 나오실 거예요. 한… 10분 뒤 정도예요."

"그래? 여기까지 왔으니 찾아뵈어야지."

"분명 회장님도 언니가 왔다는 말을 듣게 되면 기뻐하실 거예요."

"어머, 그렇다면야 나도 한시름 놓을 수 있겠네."

서로 정말 친자매처럼 아웅다웅하며 이야기를 나누는 모습이 보기 좋다.

강오선 사건을 통해서 정말 심적 고생이 많았을 터인데, 그래도 예전처럼 다시 기운을 되찾아서 다행이라는 생각을 품게 된다.

두 사람을 바라보며 그런 생각을 가질 무렵, 민철에게 다가오는 한 남자가 있었다.

"자네, 잠깐 시간 좀 되나?"

"…부사장님 아니십니까!"

민철에게 말을 걸어온 인물은 바로 그의 최대 적수라 할 수 있는 남우진 부사장이었다.

도안이 레디너스 대륙과 연관해서 최악의 적이라 한다면, 남우진 부사장은 청진그룹이란 보물을 두고 겨루는 라이벌 세력의 총수라 할 수 있다.

"그리 오랜 시간을 빼앗진 않을 터이니 잠시 시간 좀 내줬으면 좋겠군."

"……."

설마 여기서 남우진이 먼저 말을 걸어올 줄이야.

물론 전혀 예상하지 못한 일도 아니다.

여기는 회사 간부들이 모이는 자리다.

명목상으로는 한경배 회장의 생신을 축하한다는 이유로 한자리에 모이게 되었지만, 이들의 머릿속에는 하나같이 이번 대대적인 모임들을 통해서 어떻게 하면 좀 더 자신의 지위를 확고히 다질 수 있는지에 대한 궁리로만 가득 차 있다.

물론 남우진 또한 마찬가지다.

주변의 불편한 시선을 받으면서까지 굳이 이곳에 온 이유는 한경배 회장, 그리고 서진구 부사장과 만나 또다시 끝나지 않은 담판을 이어가려는 의도가 아니다.

그가 처음부터 노리고 있던 인물은 바로 이민철이다.

"…알겠습니다. 잠시 이야기를 나누도록 하죠."

"듣는 귀가 많네. 근처에 사람이 별로 없는 구석진 곳이 있으니, 그리로 이동하지."

"예, 알겠습니다."

장소를 물색할 정도라면, 이미 민철이 오기 전부터 그와 대화의 장을 펼칠 생각을 어느 정도 하고 왔다는 것을 뜻한다.

사실 민철로서는 남우진 부사장 앞에서 그다지 위축될 만한 요소가 없다.

애초에 민철은 회장 세력의 중심에 서 있다.

총괄기획부 부장, 이민철.

일개 부장에 불과하지만, 장차 한경배 회장과 서진구 부사장의 뒤를 이어 회사를 넘겨받을 확률이 가장 큰 인물이기도 하다.

게다가 이번에 이체린이라는 여인과 혼약을 통해 외부 세력까지 자신의 영향권 안으로 끌어들였다.

이민철, 그는 더 이상 평범한 사원이 아니다.

이미 청진그룹 내부에서 지대한 파급력을 일으킬 수 있는 큰 인물로 성장하게 된 것이다.

남우진 또한 그의 가치를 모르거나 하진 않다.

오히려 누구보다도 잘 알기에 비밀 담화를 제안한 것일지도 모른다.

"…일단 한잔하지."

"예."

정원 내에서도 구석진 곳에 놓인 테이블.

그 위에 올려져 있는 와인 잔을 기울이는 두 사람이었지만, 겉모습과 다르게 머릿속은 이미 뇌세포들이 톱니바퀴 돌아가듯 바쁘게 움직이기 시작한다.

*　　*　　*

"흐아아~!!"

있는 힘껏 기지개를 펴며 피로를 물리쳐 보는 한 남자.

텅 빈 사무실에 혼자 남아 업무를 처리하는 건 늘상 그렇듯 고독함을 안겨준다.

하나 도안은 오히려 이렇게 혼자서 일을 보는 게 더 익숙해졌다.

천재의 삶은 늘 고독하다.

주변에 자신의 사상과 생각을 이해해 줄 만한 수준을 지닌 사람이 별로 없기 때문이다.

같은 마법사끼리 따로 모이는 장소에 간다 하더라도 그와 어울릴 만한 수준의 마법사는 존재하지 않았다.

이른 나이에 9클래스를 달성한 천재 마법사.

그 타이틀은 레디너스 역사에 길이 남을 것이다.

하나 그 천재 마법사라 불리던 레이너 슈발츠도 결국은 오랜 생애를 이어가지 못했다.

배신과 음모.

그리고 비참한 최후.

"……."

잠시 옛 기억이 떠오른 모양인지, 도안의 입에서 절로 한숨이 새어 나온다.

믿었던 동료 마법사들의 배신으로 인해 도안은 이른 나이에 생을 마감해야 했다.

그러나 그건 딱히 원망스럽지 않았다.

중요한 것은, 자신의 동료들이라 생각했던 자들의 분란을 조장해 마법사 길드를 폐허로 만들어 버린 바로 그자, 레이폰 더 데스사이드가 원망스러울 뿐이다.

그는 레디너스 대륙에 있어선 안 될 재앙의 불씨다.

말 한 마디로 국가 간의 전쟁을 일으킬 수 있는 건 기본이요, 대륙의 경제를 들었다 놨다 할 수 있는 인물 또한 그였다.

레이폰이 있었기에 레디너스는 한시도 평화로울 때가 없었다.

모든 전란의 원인은 바로 레이폰 더 데스사이드다.

그런 원한을 품고 레디너스에서 억울하게 삶을 마감한 레이너 슈발츠였지만, 하늘이 그를 불쌍히 여기기라도 한 것일까. 다시 한 번 환생의 기회를 주게 되었다.

그리고 그 기회는 '복수'라는 키워드와 연결되어 있었다.

'이 세계 어딘가에 레이폰이 있다고 들었는데······.'

지금 당장은 새로운 세계에 적응하느라 급급했지만, 이제는 주임으로 승진도 하게 되었으니 조금 안정적인 삶을 추구해도 나쁘지 않을 만큼 환경이 조성되었다.

어차피 도안이 이 세계로 넘어온 건 명확한 목적이 존재해서였다.

레이폰을 찾아낸다!

그리고 그에게 레디너스 대륙에서 당한 수모를 그대로 갚아준다!

그 복수심을 가지고 있기에 도안은 고차원적 존재에게 선택받아 이 세계로 소환되었다.

하지만.

'…아직까지 증거가 없어.'

레이폰이 과연 누구로 환생했는지.

심지어 어느 지역에서 환생했는지조차 알아낼 방법이 없다.

같은 대한민국 땅에 있는지도 모르는 상태에서 어떻게 레이폰 더 데스사이드의 환생체를 찾아낸다는 것인가.

'…어렵다, 어려워.'

잠시 의자에 몸을 기대며 생각에 잠기기 시작하는 도안.

레이폰을 반드시 찾아내야 한다.

그는 이 세계에 와서 성공이니 뭐니 하는 그런 것들에 대해선 전혀 욕심이 없다.

어차피 부는 레디너스 대륙에 있을 때에도 많이 누려봤다.

하지만 금전적인 부유함은 그에게 있어서 싫증이라는 감정만 선사해 줬다.

차라리 아무도 도달하지 못했던 10클래스에 도전해 보는 게 더 가치 있게 느껴졌다.

하나 여기 와서 굳이 10클래스를 노릴 필요도 없어졌다.

레디너스처럼 마법이 통용되지 않는 곳인지라 오히려 마법을 사용한다는 것이 다른 사람들에게 밝혀지기라도 한다면, 차마 말 못할 수모를 당할지도 모른다.

아니, 수모로 끝나면 오히려 다행일까.

"하아……."

절로 한숨이 새어 나온다.

어쩌다가 이 지경까지 오게 된 것일까.

차라리 기왕 이렇게 환생하게 된 김에, 레디너스에서 다시 환생을 했으면 좋았을 텐데 말이다.

"아니지. 만약 그렇게 되었다면, 레이폰을 못 만나겠군."

자신과 동료 마법사를 이간질시킨 그 작자를 찾아내야 한다.

어떻게 해서든.

"…가만."

머릿속에 뭔가 번뜩이는 아이디어가 떠오른 도안.

"레이폰도 분명… 마법을 사용했었지."

그는 기본적으로 화술뿐만이 아니라 검술, 마법 등을 익힌 자이기도 하다.

학문에도 지대한 관심을 보인 터라 마법 분야에서도 나름

일가견이 있는 남자이기도 하니 말이다.

마법을 부릴 줄 아는 자.

만약 레이폰이라면…….

'MBS에 가입해 있지 않을까?'

마법은 분명 이 세계에서 이점을 가져다주는 이능력임에 틀림이 없다.

대외적으로 사람들에게 마법을 사용한다는 걸 밝힐 수 없는 환경이 짜증 날 뿐이지, 그 외적으론 생활하는 데에 마법이 편리함을 선사하는 건 사실이다.

어찌 보면 이 세계에서도 유용하게 사용할 수 있는 것이 마법인데, 레이폰이 마법을 포기할 리가 없다.

더욱이 그도 생각이 없는 자가 아니다.

남들과 다른 특별한 능력을 가지고 있으면, 분명 그 능력은 본인에게 엄청난 이득을 가져다줄 것이다.

그걸 위해서라도 계속해서 꾸준히 마법이라는 걸 접할 수밖에 없다.

그렇다면 결국…….

'MBS… 이 집단을 한번 조사해 볼 필요가 있겠어.'

평사원으로 시간을 축내고 있던 도안의 인생에 새로운 목표가 설정되는 순간이었다.

＊　　＊　　＊

한경배 회장의 생일 파티 현장.

구석진 곳으로 자리를 옮긴 두 남자가 가볍게 잔을 부딪친다.

"……."

"……."

한동안 서로가 서로를 마주 보며 말을 아낀 채 한 일이라고는 그저 와인 잔을 비우는 것뿐이었다.

먼저 민철을 부른 쪽은 다름이 아닌 남우진이다.

이런 비밀 담화를 주도한 쪽이 선공으로 말을 꺼내야 함은 당연하다.

민철은 그 선공을 기다리고 있었다.

자신을 찾은 이유.

그리고 자신을 보자고 한 이유가 뭔지 우선 알아낼 필요가 있다.

"자네를 따로 보고자 한 이유는 다름이 아닐세."

남우진의 시선이 가늘어진다.

장진석 전무를 통해 현재 그의 세력이 열세에 몰려 있음에도 불구하고 전혀 기세가 꺾이지 않은 그런 눈빛을 보여주고 있었다.

"이번 강오선 사건의 흑막을 밝혀내는 데에 자네가 큰 공로를 세웠다고 얼핏 들었네만……."

"큰 공로까진 아닙니다. 전 그저 서진구 부사장님의 수족이 되어 시키는 일만 했을 뿐, 제가 주도적으로 나서서 한 일은 없다시피 합니다."

"…그렇군."

서진구에게는 자신이 강오선 사건의 진실을 파헤친 점에 대해선 극구 비밀을 유지해 달라 부탁을 해뒀다.

서진구란 남자는 결코 입이 가벼운 사람이 아니다.

그의 성향으로 봤을 때엔, 어디 가서 함부로 입을 놀리거나 하진 않았을 것이다.

특히나 그 대상자가 적대 세력의 수장인 남우진이라고 한다면 더더욱.

"장진석 전무에 대해 꽤나 많이 알아봤겠구만."

"얼추 그렇습니다."

"얼마만큼 자세히 알고 있지?"

"……."

순간 민철의 머릿속이 남우진의 의도를 파악하는 데에 모든 에너지를 쏟아내기 시작한다.

방금 그 한마디는 남우진의 속내를 파악할 수 있는 결정적인 증거다.

장진석 전무.

이미 그는 청진그룹과는 연을 다한 인물이다.

그런 그가 아직까지도 언급될 만한 가치가 있는 걸까?

'뭔가… 켕기는 게 있나 보군.'

만약, 정말로 아무것도 모르는 상태에서 남우진의 이 말을 들었다면 그저 그러려니 하고 가벼이 흘려들었을지도 모른다.

하지만 민철은 이미 한 가지 정보를 입수한 상태다.

그것도 최서인 기자한테서 받은 특별 정보를 가지고 있다.

'…고청산업에 관한 이야기인가.'

사실 최 기자에게 정보를 제공받긴 했지만, 딱히 고청산업에 관한 정보를 적극적으로 이용할 생각까진 없었다.

어차피 장진석 전무의 뒤가 켕기는 일일 뿐이지, 그 외적인 인물들과는 연관이 없을 거라고 봤기 때문이다.

하지만 남우진의 이 태도를 보면 뭔가 의심되는 바가 생길 수밖에 없다.

'고청산업에 대해 조사할 필요가 있겠군.'

속으로 그런 결심을 품기 시작하는 민철이었으나, 겉으로는 이런 속내를 드러낼 필요까진 없다.

"제가 알고 있는 건, 그저 장진석 전무가 강오선과 내통을 했다… 라는 수준까지밖에 되지 않습니다. 아까도 말씀드렸

다시피, 전 그저 위에서 시키는 것만 했으니까요."

"…하긴, 그게 맞겠지."

평사원에 불과한 이민철이 이 모든 흑막을 다 알아차리고, 더불어 남우진을 현재의 위기 상황까지 몰아세웠다고 보기에는 힘들다.

사실 그것이 지극히 당연한 생각이다.

"그 질문을 하기 위해 절 따로 부르신 겁니까?"

"……."

민철이 또 뭔가를 더 알고 있는지에 대해 알아내는 것도 남우진의 입장에선 중요하다.

하지만 더 캐물어봤자 아는 게 없으면 나오는 것도 없는 법이다.

모르쇠로 임하고 있는 민철의 태도에 더 이상 물어볼 것도 없을 것이다.

"자네의 생각에 대해 들어보고자 하는데."

"어떤 생각 말씀이십니까?"

"서진구 부사장의 밑에서 일하고 있으니 잘 알고 있으리라고 믿네. 현재의 내 상황이 어떤지에 대해서 말이야."

"예, 물론 알고 있습니다."

청진그룹 내부에선 남우진의 지위가 위태위태하다.

하지만 여전히 그가 군건하게 자신의 자리를 지키고 있을 수 있는 이유는 단 하나다.

그가 담당하고 있는 청진전자의 힘이 막강하기 때문이다.

청진전자는 청진그룹 계열사 내에서도 총매출 순위에서 압도적인 1위를 달리고 있는 곳이기도 하다.

그런 청진전자를 이끌어가는 남자가 바로 남우진이다.

그의 영향력은 결코 무시할 수 없다.

비록 지금은 한경배 회장의 집중적인 공격을 받고 있다곤 하지만, 그렇다고 얌전히 당하고 있을 그가 아니다.

"난 개인적으로 자네가 한경배 회장님의 뒤를 이어받을 후계자가 될 가능성이 상당히 크다고 보고 있네."

"…제가 어찌 감히 그럴 수 있겠습니까? 전 일개 사원에 불과합니다. 비록 총괄기획부를 담당하고 있지만, 한경배 회장님의 핏줄도 아니고… 딱히 큰 접점이 없는 제가 무슨 자격으로 회장님의 뒤를 이어받을 수 있습니까? 그건 남우진 부사장님께서 너무 멀리 생각하신 거 같습니다."

"허허, 이 친구가… 괜찮네. 굳이 숨기지 않아도 돼. 어차피 나뿐만이 아니라 대부분의 간부들이 그런 생각을 가지고 있는데, 내 앞에서 굳이 그런 겸손까지 떨어야 할 필요가 있겠나?"

"……."

"인정할 건 인정하는 게 좋아. 과유불급(過猶不及)이라고 하지 않던가. 지나치는 것이 미치지 못하는 것보다도 더 안 좋다는 말도 있듯이, 자네도 겸손이 지나치면 오히려 세간에 안 좋은 시선을 받게 될 수도 있어."

"좋은 말씀, 감사합니다."

가볍게 목례를 하며 남우진의 말을 새겨듣겠다는 식으로 의사를 표현한다.

"그래. 아무튼 한경배 회장님도 이제 81세… 거동이 많이 불편하시기도 하고, 회사 일 같은 경우에는 서진구 부사장에게 전적으로 맡기고 있는 추세이긴 하지. 하지만 서진구 부사장은 회사 일에 그다지 깊게 관여할 생각은 없어. 한경배 회장님의 부탁에 의해 어쩔 수 없이 그 자리를 맡고 있을 뿐이지, 만약 자네가 더 성장을 하게 된다면 바로 회사를 넘겨주고 그 자리에서 물러나실 분이야. 안 그런가?"

"……."

상당히 위험한 발언들이다.

그가 어째서 이런 말들을 꺼내는 것일까.

민철의 시선이 그를 응시하기 시작하자, 남우진의 입가에 의미심장한 미소가 걸린다.

"지렁이도 밟으면 꿈틀한다고 하지 않던가."

그리고 드디어.

그의 속내가 드러나기 시작한다.

"회장님의 맹공이 너무 심해질 경우… 여차하면 청진전자는 청진그룹에서 독립을 선언할 수도 있네."

*　　　*　　　*

청진전자의 독립.

만약 그게 현실로 이뤄지게 된다면… 자본주의의 상징이라 불리는 청진그룹이 한순간에 나락으로 떨어지게 될지도 모른다.

청진그룹 내부에서 청진전자가 차지하고 있는 중요도는 이루 말로 다 표현할 수 없을 만큼 크다.

그런데 그런 청진전자가 독립이라니?

"…독립을 생각하고 계신 겁니까?"

민철이 놀란 척을 하면서 남우진에게 방금 그가 내뱉은 말에 대한 진실 해명을 요구한다.

민철 또한 대략적으로 예상은 하고 있었다.

여차하면 청진전자가 독립 선언을 할 거라고 말이다.

하지만 청진전자는 단순히 남우진 혼자만의 것이 아니다.

비록 그가 청진전자를 담당하고 있지만, 남우진 혼자서 독립 여부를 결정할 만큼 막강한 권한을 쥐고 있는 것 또한 아니다.

게다가 장진석 전무가 독단적으로 일으킨 사건 덕분에 청진전자 내부에서도 남우진의 이미지는 크게 떨어지고 말았다.

그들이 남우진과 뜻을 같이해 청진그룹 계열사에서 떨어져 나올 거라곤 민철도 생각하지 않는다.

그리고 남우진 또한 충분히 그 점에 대해 알고 있을 것이다.

한마디로 말해서.

아직까지는 실현 불가능한 일이기도 하다.

그러나 남우진이 굳이 독립 여부를 직접 언급하는 건…….

"자신이 있다는 뜻이군요."

민철이 슬쩍 남우진을 떠보기 위한 질문을 던져 본다.

남우진, 그리고 남성진 부자의 성격은 대략 비슷하다.

확실하지 않은 것을 말로 꺼내 허세를 부리거나 하는 타입은 결코 아니다.

그럼에도 불구하고 독립이란 단어를 언급했다는 건, 실현 불가능한 이야기가 아니라는 것을 뜻한다.

민철이 알고 있는 것과는 다른 이야기이기도 하다.

"독립을 생각하고 있을 뿐이지, 아직 구체적인 계획 단계조차 논의하지 않았네. 그냥 그렇다는 게야."

"…그걸 굳이 저에게 말씀하시는 이유가 무엇인지요?"

"어차피 한경배 회장님이라든지 서진구 부사장은 말이 안 통하니까. 그분들은 욱하는 성격이라서 한번 뭔가 터졌다 싶으면 그것에만 몰두하시지. 그러나 자네는 달라. 한경배 회장님이나 서진구 부사장이 가지고 있지 않은 '포괄적인 시야'를 지니고 있어. 멀티 플레이가 가능한 남자라는 생각이 들었네. 그렇지 않고선 상오그룹을 요식업계로 진출시킬 생각은 애초에 하지도 않았을 테니까."

"……."

"단순히 잘나가던 커피 브랜드점을 가지고 있는 대표를 설득해 요식업계에 진출하게끔 만든 이가 바로 자네라고 들었네. 현명한 선택이란 생각이 들더군. 청진그룹이 아직 정복하지 못한 분야인 데다가, 요식업계는 메이저라 할 수 있지. 그 부분을 정확하게 공략했어. 그리고 결과물로 만들어냈으니… 솔직히 말하자면 자네가 무서울 정도였네."

"……."

"그런 식견을 가지고 있을 정도라면, 더 이상 청진전자를 자극하지 않았으면 하는 것도 잘 알아두길 바라는 마음에서 독립이란 단어를 언급해 본 것뿐이네. 물론 나도 청진전자 하나 가지고 독립을 해봤자 별다른 의미가 없다는 건 잘 아네. 결국 이건 둘 다 죽는 꼴이지. 안 그런가?'

청진그룹과 청진전자.

청진전자가 독립을 한다면 양쪽 다 명백하게 손해를 보는 꼴이 된다.

청진그룹의 입장에선 총매출의 대다수를 차지하고 있는 청진전자를 잃어버리게 됨으로써 수익적인 면에서 큰 타격을 받을 수밖에 없다.

청진전자는 청진이라는 명칭을 버리고 새 출발을 해야 한다는 점에서 이미 모험을 강행하는 것과 다름이 없다.

기업의 브랜드 이미지는 상당히 중요한 가치를 지니고 있기 때문이다.

청진이라는 단어를 보고 사는 골수팬들도 전 세계적으로 대다수 존재한다.

그런데 그 브랜드 이미지를 탈피해 새로운 이미지를 세우려고 한다면, 또 얼마나 많은 시간과 노력이 필요하겠는가.

결국 이건 서로가 서로에게 피해를 입히는 꼴과 다를 바가 없다.

"어디까지나 최악의 수로 그런 카드를 꺼내 들 수 있다 이거지."

남우진의 입가에 미소가 어린다.

위기 상황에 몰려 있음에도 불구하고 그가 내밀 수 있는 비장의 한 수를 보여줬다.

벼랑 끝에 놓이게 되면 무언들 못 할까.

서로 손해 보는 짓이라 하더라도 남우진은 그런 일을 불사할 각오가 되어 있다.

결국 남우진이 이 이야기를 꺼낸 데에는 지극히 간단한 목적이 있다.

경고를 하기 위함이다.

"서로 손해 보는 일이 발생하지 않았으면 좋겠군."

자신이 할 말을 다 한 모양인지 와인 잔을 내려놓은 남우진이 다시 정원 한가운데를 바라본다.

"이제 슬슬 회장님께서 나오시려나 보구만. 우리도 그만 가세."

"…예, 알겠습니다."

남우진과 함께 정원 중앙으로 발걸음을 재촉하는 민철.

동시에 속으로 쓴웃음을 삼킬 수밖에 없었다.

'한 방 먹었군.'

지독히도 모진 경고였다.

끝까지 한번 가보자!

그런 의도로 경고를 한 게 아닌가 싶다.

'남우진이라… 역시 이 사람도 보통내기는 아니었어.'

청진그룹과 청진전자가 서로 갈라서는 일만큼은 어떻게든 막아야 한다.

민철로서도 그 일은 가급적이면 피하고 싶다.

그가 청진그룹을 선택한 건 다름이 아닌 자본주의를 대표하는 상징물이란 타이틀 때문이었다.

고차원적 존재와의 내기.

그리고 신과의 만남을 성사시키기 위해서라도 '온전한 상태'를 유지한 청진그룹을 자신의 것으로 만들어야 한다.

그런데 청진전자가 떨어져 나가게 되면 어떻게 되겠는가.

반쪽짜리에 불과한 청진그룹을 손안에 거머쥐어 봤자 아무런 의미도 없다.

결국 민철에게 있어서 청진전자의 독립은 가장 생각하고 싶지 않은 재앙 수준의 결말이라고 보면 되지 않을까 싶다.

'채찍을 줬으니… 이제는 당근을 줄 차례인가.'

남우진을 너무 극단적으로 몰아세워선 안 된다.

독립이란 비장의 수를 꺼내 들지 않게끔 적정선을 유지하며 그를 견제해야 할 필요성이 있다.

'계획을 수정해야겠군.'

처음 한경배 회장의 생일 파티에 초대받을 때만 하더라도 민철은 어느 정도 민감한 이야기가 오갈 것이란 예상까진 각오하고 있었다.

하나 갑자기 이런 큼지막한 건수를 접하게 될 줄이야.

순수한 마음으로 이 파티를 즐기자는 생각 같은 건 이미 저 멀리 날아가 버리게 되었다.

　　　　＊　　　＊　　　＊

　"오늘 이 늙은이를 위해 먼 곳에서 와주신 여러분들에게 다시 한 번 감사의 말을 전하고자 합니다. 최대한 많은 먹거리와 마실 거를 준비해 뒀으니, 좋은 시간 보내셨으면 합니다."

　한경배 회장이 목소리를 높여 간단한 소감을 전해준다.

　더불어 서진구가 한경배 회장의 생일을 축하하기 위해 다 같이 잔을 들자는 식으로 다른 이들을 보챈다.

　"자자, 각자 잔 하나씩 들고 회장님의 81번째 생신을 축하하는 의미를 담아 건배 한번 합시다!"

　모두가 서진구의 말에 따라 앞에 놓인 잔을 높게 들어 보인다.

　민철도, 그리고 체린도 마찬가지로 잔을 든다.

　"한경배 회장님의 생신 축하와 더불어 오랫동안 만수무강하시기를 기원하며, 건배!!"

　"건배!!"

　서진구의 선창에 이어 모두가 건배를 외친다.

　짠!

　여기저기서 유리잔들이 부딪치는 소리가 들려온다.

민철 또한 가까이 있던 채린과 잔을 부딪친 뒤 가볍게 안에 담겨 있는 음료를 한 모금 음미한다.

그러던 사이에, 휠체어를 타고 있는 한경배 회장과 예지가 이들 부부에게 다가온다.

한경배 회장의 인기척을 눈치채고 민철과 채린이 고개를 숙이며 인사를 건넨다.

"생신 축하드립니다, 회장님."

"축하드려요."

"허허, 바쁠 텐데 일부러 시간을 내면서까지 와줘서 정말 고맙구만."

"아닙니다. 회장님 생신이신데, 만사를 제쳐 두고 달려와 야 하지 않겠습니까."

"말이라도 정말 고맙네."

민철의 사탕발림에 한경배 회장의 미소가 계속 유지된다.

한동안 민철을 향해 머물던 시선을 거둔 한경배 회장이 옆의 채린에게로 고개를 돌리며 입을 연다.

"아리따운 부인을 두고 있구만. 이번이… 두 번째 만남인가?"

가물가물한 기억을 더듬으며 말하는 그를 향해 채린이 가볍게 고개를 끄덕여 준다.

"체육대회 때 한 번, 결혼식 때 한 번, 그리고 이제 오늘까지 세 번째로 뵙게 되는 거 같아요."

"그랬구만. 이 늙은이 기억도 이제는 한물갔어."

"아니에요, 회장님. 아직도 정정하신데요."

"이제 나도 늙었네. 슬슬 전선에서 물러나야 할 터인데……."

한경배 회장이 다시금 민철을 바라본다.

"우리 이 부장이 있으니 내 마음이 다 든든하구만."

"그렇게 말씀해 주시니 정말 영광입니다, 회장님."

"그래그래. 아무쪼록 난 자네하고 진구 녀석만 믿고 있네."

"믿음에 보답하도록 하겠습니다."

그렇게 짧은 대화를 마친 뒤.

한경배 회장이 예지와 함께 다른 이들과 한 번씩 인사를 주고받기 위해 자리를 뜬다.

한편.

"회장님께서 민철 씨를 굉장히 신뢰하고 계시는 거 같아."

"그럴 수밖에."

다른 누구도 아닌 청진그룹 회장인 한경배에게 인정받는 남자.

그자가 바로 자신의 남편이라는 점 때문에 체린도 은근히 자부심이 생겨나고 있었다.

사실 민철이 청진그룹을 차지하겠다고 처음 체린에게 속내를 털어놨을 때에는 머나먼 미래의 이야기처럼 들렸다.

하나 지금은 다르다.

직접 청진그룹 사람들과 여러모로 이야기를 나눠보고, 현장의 분위기를 느껴보니 민철의 말이 단순히 허황된 말이 아님을 깨달을 수 있었다.

"당신은 정말 대단한 사람이야."

능력 있는 민철의 모습에 끌려 결혼까지 골인하게 되었다.

그리고 역시나 그녀의 선택은 틀리지 않았음을 다시금 확인할 수 있었다.

*　　　*　　　*

여러 인사들과의 만남을 충실히 이행하고 다니던 한경배 회장.

그의 앞에 여러 가지 의미로 상당히 많은 문제를 내포하고 있는 인물이 등장하게 된다.

"생신 축하드립니다, 회장님."

"…자네 왔는가."

바로 청진전자를 이끌고 있는 남우진이었다.

"오랜만이에요, 회장님."

남우진의 아내가 최대한 밝은 미소를 유지하며 인사를 건넨다.

바로 근처에 있던 남성진 또한 마찬가지로 한경배 회장에게 다가와 축하 메시지를 들려준다.

"축하드립니다, 회장님."

"성진이, 자네도 왔군."

남우진의 가족들과 마주하게 된 한경배 회장.

"비록 내가 자네와 척을 지고는 있지만, 그래도 다 같이 청진그룹이라는 공동체에 소속되어 노력해 온 사람들 아니겠는가."

"예, 맞습니다."

"오늘만큼은 평소의 원한이라든지 이런 건 잊어버리고 여기 모인 이들과 같이 가볍게 술 한잔 걸치도록 하세. 좋은 자리인 만큼 안 좋은 감정 같은 건 잠시 접어두는 게 좋지 않겠는가."

"저 또한 같은 생각입니다."

"허허… 그렇게 말해주니 고맙구만."

남우진을 앞에 두고 웃는 얼굴을 보여주는 한경배 회장.

얼마 만에 보는 회장의 웃는 얼굴일까.

그간 여러모로 트러블이 많았던지라 사실 남우진은 자신을 향해 웃어주는 한경배 회장을 오랫동안 보지 못했다.

오늘처럼 두 사람이 서로 웃는 얼굴을 유지하며 손을 잡을 날이 또 올 수 있을까.

당사자인 남우진도, 그리고 한경배 회장도 그 점에 대해선 쉽게 추측할 수가 없었다.

제5장

불길한 징조

폭풍 전야(暴風前夜)와도 같았던 한경배 회장 생일 기념 파티가 끝난 이후.

모처럼 강오선 사건도 있었고, 그리고 결혼식 준비 등 바쁜 나날을 보내던 민철은 이제야 평화로운 시간을 좀 보내나 싶었지만…….

오히려 더 바쁜 나날을 보내게 되었다.

"모두들 잠시 주목해 주세요."

총괄기획부 사무실 안.

사원들의 시선을 집중시킨 민철이 모두에게 한 가지 중대한 발표를 들려준다.

"여러분들도 아주 잘 알고 있겠지만, 오늘부로 서기남 주임이 팀장으로, 오태희 양이 대리로, 그리고 도안 씨가 주임으로 승진되었습니다."

"오… 서 주임님이 서 팀장님으로?!"

"축하드립니다!"

"축하해요, 태희 선배!"

여기저기 승진을 축하한다는 메시지가 들려오기 시작한다.

말은 이렇게 하지만, 사실 거의 모든 이가 세 사람의 승진 여부를 다 알고 있었다.

원래대로라면 승진 대상자 3명과 점심식사를 가진 이후 다음 날, 혹은 이틀 안으로 사무실 식구들에게 이 사실을 알려주려 했지만, 그간 외근 업무로 사원들이 자리를 자주 비우는 일이 잦았었다.

심지어 당사자인 서기남이 없는 경우도 빈번했던 터라 이제야 겨우 모두가 모인 자리에서 직접 승진 발표에 대한 사실을 알려줄 수 있게 되었다.

사실 민철이 이렇게 공식적으로 이들에게 발표를 들려주기 전부터 다들 알고는 있었다.

이미 공문으로 이들의 승진 여부가 내려왔고, 그리고 공문이 내려오기 전에도 사내에 들리는 소문도 있었다.

소문이라는 게 늘상 그렇듯 언제나 100퍼센트 진실을 담고 있는 건 아니지만, 그렇다고 100퍼센트 거짓말이 아닌 경우도 꽤나 빈번한 편이다.

승진에 관한 소문은 이미 민철이 따로 세 사람을 호출하기 이전부터 돌고 있었다.

그전까지는 그저 예상이었을 뿐이지만, 민철이 승진 대상자로 지목을 받게 된 세 사람과 점심 식사를 가지려고 하는 순간부터 대략 모든 사원이 전부 눈치를 챌 수 있었다.

그리고 그 소문이 현실로 이뤄지게 되었다.

결국 공식적인 발표를 이제야 했을 뿐, 사실은 모두가 다 알고 있던 정보를 대외적으로 선언하는 행사 식순과 비슷하다고 보면 될 듯싶다.

"아무쪼록 승진하신 세 분께서는 직급에 맞게 좀 더 분발해 주셨으면 좋겠습니다."

"예!"

"그럼 이것으로……."

말을 마치고 자리로 돌아가려던 찰나에, 조 실장이 강력한 항의의 목소리를 들려준다.

"이봐, 이 부장! 그냥 그대로 끝내려는 거야?"

"…예?"

"모처럼 승진한 사람이 3명이나 되는데, 소감 정도는 들어 보는 게 인지상정 아니겠나."

"과연… 그것도 일리가 있군요."

졸지에 소감을 발표하게 된 세 사람.

얼굴에는 난색을 표하지만, 그래도 사무실 분위기는 발표를 하는 쪽으로 굳어지고 있었다.

심지어 결정 권한을 지니고 있는 이민철 부장 역시 새로 승진하게 된 세 사람에게 소감 발표를 지시하게 된다.

"한 명씩 나와서 간단하게 소감 한마디씩 말씀해 주시면 좋겠군요."

"……."

멍하니 서로를 바라보는 서기남과 도안, 그리고 태희.

이들은 민철과 달리 그다지 말하는 데에 재능이 없다.

그래서 적지 않게 당황하는 것도 어찌 보면 당연한 반응일지도 모른다.

이들의 심적 부담을 덜어주기 위해 민철이 피식 웃음을 지으며 추가적으로 말을 들려준다.

"거창한 소감이 아니라도 좋습니다. 앞으로의 포부라든지… 아니면 이제 승진을 했으니 이런 식으로 열심히 하겠다는 가벼운 말이라도 괜찮으니 너무 그렇게 깊게 생각 안 해도 됩니다."

"…그렇군요. 그럼……."

첫 타자를 지원하려는 듯이 서기남이 먼저 자리에서 일어선다.

사무실 내에서도 무뚝뚝하기로 소문난 그가 먼저 발표 순번 1순위를 자처할 줄은 몰랐다.

터벅터벅 걸어가 민철의 근처로 다가온다.

"여기서 말하면 되나요?"

"네."

"으흠……."

잠시 헛기침으로 목소리를 가다듬은 뒤, 천천히 자신이 생각하고 있는 '소감'을 말해주기 시작한다.

"우선… 팀장으로 바로 승진하게 되어 기쁩니다. 사실 저같이 별로 말주변도 좋지 않고 재미도 없는 사람이 팀장 자리에 올라도 되나 싶을 만큼 어리둥절한 기분입니다만… 그래도 앞으로 최선을 다해 이민철 부장님을 보좌하도록 하겠습니다. 감사합니다."

"이 부장만? 나는!"

조 실장이 도중에 태클을 걸어오자, 기남이 어색하게 웃음을 짓는다.

"물론 조 실장님도 포함된 말입니다."

"암, 그래야지!"

"아무쪼록 여러분들도 잘 부탁드리겠습니다!"

짝짝짝!

그의 말이 끝남과 동시에 우렁찬 박수가 사무실을 가득 채워간다.

아무래도 팀장이라는 직책을 달았으니, 자신이 먼저 모범을 보여야 한다는 사명감 때문에 미리 먼저 소감 발표를 자처한 게 아닐까 싶다.

뒤이어 서 팀장으로부터 용기를 부여받은 태희와 도안도 각각 앞으로 열심히 일하겠다는 뉘앙스로 소감 발표를 마치게 된다.

"그럼 이 정도로 마치고, 슬슬 다시 업무 들어가 보도록 합시다."

"네!!"

승진은 승진이고, 업무는 업무다.

어차피 오늘 저녁, 이들의 승진을 축하하고자 회식 자리를 가질 예정이다.

못다 한 이야기는 거기서 풀어가면 될 터이다.

민철이 그렇게 생각할 무렵, 낯선 이가 총괄기획부 사무실의 문을 조심스럽게 연다.

"갑자기 웬 박수 소리가 들리는가 싶더니… 승진 축하 때문이었구만."

"아, 차 실장님!"

인사팀의 차원소 실장이 잠시 볼일이 있는 모양인지 민철을 찾아오게 되었다.

"들어가도 되겠지?"

"예. 회의실로 들어가시죠."

"그럴까."

차 실장이 먼저 회의실 안으로 들어서자, 뒤이어 민철이 회의실의 문을 닫는다.

동시에 사일런스 마법을 걸며 외부로 소리가 빠져나가지 않게끔 장치를 걸어둔다.

그가 마법을 발동하는 순간, 업무를 보고 있던 도안이 마나의 흐름을 감지한 모양인지 회의실 쪽으로 고개를 돌린다.

그의 이상 행동을 목격한 태희가 의구심을 드러내는 듯한 질문을 해온다.

"회의실에 뭔가 신경 쓰이는 게 있으시나요?"

"아, 아닙니다."

그는 마법사다.

마나에 민감한 존재이기에 반사적으로 민철이 마법을 사용한 순간 자신도 모르게 반응을 보일 수밖에 없었다.

'뭔가 중요한 이야기라도 하실 모양인가 보구나.'

굳이 마법을 걸면서까지 안의 대화 내용을 외부로 노출시

키려 하지 않는 것으로 보아선 아마 도안의 예상이 맞으리라
고 본다.

한편.

도안이 민철의 마법에 반응을 보일 때, 민철은 다른 쪽에
신경을 쓰고 있었다.

"저번에 부탁드린 그것은… 어떻게 되었습니까?"

"그거라고 해봤자 뭐… 이 정도가 다일까 싶은데."

차 실장이 슬쩍 민철에게 종이 몇 장을 내민다.

순순히 종이를 받아 든 민철의 눈이 빠르게 종이 위에 적혀
있는 내용을 훑어 내려간다.

종이의 가장 위쪽 상단에는 큰 글자로 이렇게 적혀 있었다.

―고청산업 하청 의뢰 내역.

"감사합니다. 덕분에 많은 도움이 될 거 같습니다."

"도움? 어디에 쓰려고 그런가."

"그냥… 개인적인 용무에 좀 쓸 곳이 있을 듯합니다."

"뭐, 어차피 어렵지 않게 열람할 수 있는 정보 내역이니까
크게 신경은 안 쓴다만⋯⋯."

고청산업.

이곳은 장진석 전무가 남몰래 소유하고 있는 중소기업이다.

대표자명은 그의 이름으로 되어 있지 않지만, 최서인 기자가 제공한 정보에 의하면 그와 상당히 밀접한 관련을 지니고 있는 기업이라 알고 있다.

종이를 챙겨 든 민철이 만족스러운 표정을 지어 보인다.

"나중에 제가 따로 이에 대한 보답을 챙겨 드리겠습니다."

"보답은 무슨… 나중에 밥 한 끼나 사주면 돼."

"그렇게 말씀하신다면야… 그럼 따로 시간을 내주시면 식사라도 대접해 드리겠습니다."

"그래. 다만, 비싼 걸로 먹을 테니 잘 알아둬라."

"하하, 각오하고 있겠습니다."

남우진이 지닌 필살의 한 수.

그 한 수에 대비하기 위해선 민철 역시 마찬가지로 비장의 무기를 갖추고 있어야 한다.

그 무기를 갖추기 위한 준비를 서둘러야 한다.

결전의 시간은 머지않아 올 터이니 말이다.

*　　　*　　　*

민철이 차 실장과 이런저런 이야기를 나누고 있을 무렵의 일이었다.

띠링!

갑자기 화연의 메신저에 쪽지 하나가 도착했다는 메시지가 뜬다.

"어머나."

짧은 탄식을 내뱉은 화연의 시선이 쪽지 함으로 향한다.

보내온 이가 누구일까.

확인을 해본 결과, 같은 사무실에서 업무를 보고 있는 도안이었다.

할 말이 있다면 직접 말로 해도 될 터인데, 군이 메신저의 쪽지 기능을 활용할 필요가 있었을까.

혹은 남들이 들으면 안 되는 민감한 이야기이기 때문에 따로 화연에게 이런 식으로 쪽지를 보내온 것일지도 모른다.

'대략 무엇인지 알 거 같아.'

화연과 도안.

두 사람에게는 한 가지 공통점이 있다.

바로 민철이 임의적으로 설정한 마법사 비밀 조직, MBS에 이름을 올린 자들이라는 점이다.

아마 MBS에 관한 이야기가 아닐까.

그녀의 예상대로, 도안이 보내온 쪽지에는 잠시 MBS에 대해 상담할 게 있으니 휴게실로 와달라는 내용을 담고 있었다.

'들어보는 것 정도는 크게 상관없겠지.'

도안이 먼저 휴게실로 향하는 걸 목격한 뒤에 화연 또한 자리에서 일어선다.

"태희 씨."

"네?"

"저, 화장실 좀 다녀올게요."

"아… 네. 알았어요."

소재지 정도는 파악해 둬야 하기 때문에 이런 식으로 사무실에 남아 있는 사람들에게 자신의 행적을 알려줄 필요가 있다.

급하게 누군가를 찾아야 하는데, 그 누군가가 부재중이라면 난감해지기 때문이다.

여하튼 잠시 자리를 비운다는 사실을 알려주고 휴게실로 향하는 화연.

때마침, 휴게실에는 도안 혼자서 자리를 잡고 있었다.

"죄송합니다. 바쁘실 텐데 일부러 시간을 내달라고 해서⋯⋯."

"아니에요. 그보다 무슨 일이신가요? 저한테 따로 하실 말씀이 있는 거 같은데."

"다른 건 아니고⋯⋯."

도안이 다시금 주변을 살핀다.

사실 휴게실로 들어올 때 화연은 어느 한 가지 사실을 눈치

챌 수 있었다.

이 휴게실에는 결계가 쳐져 있다.

사일런스 마법을 비롯해 잠시 동안 사람들이 이 휴게실에 들어오고 싶지 않게끔 마음을 먹게 만드는 일종의 심리조작계 마법도 걸려 있다.

즉, 마법이 유지되는 동안 이 휴게실에는 도안과 화연, 두 사람만의 시간이 확실하게 보장되어 있는 셈이다.

이렇게까지 철저하게 통제를 할 정도면, 분명 민감한 소재일 것이다.

"화연 씨는… MBS에 대해 잘 알고 계시는 편입니까?"

"음… 글쎄요. 그렇게까지 잘 아는 편은 아닌 거 같아요."

"그렇군요……."

그녀의 대답을 듣자마자 실망한 듯한 감정이 묻어 나온다.

덕분에 이번에는 오히려 화연 쪽에서 왜 그런 반응을 보이냐는 듯이 물어온다.

"뭔가 걸리는 거라도 있나요?"

"…아니요. 걸린다기보다는… 확인해 보고 싶은 게 있었습니다. 제가 찾는 누군가가 혹시 MBS나 아니면 MBS의 손길이 닿는 어느 곳에 잠적해 있을지도 모른다고 생각해서요."

"그 사람이 누구인가요?"

"실은……."

잠시 말을 끊은 도안.

그가 이윽고 민철이 가장 두려워할 만한 이야기를 꺼내기 시작한다.

"레이폰 더 데스사이드라는 자를 찾고 싶습니다."

*　　　*　　　*

회의실에서 나온 차 실장이 가볍게 민철의 어깨를 토닥여 준다.

"그럼 나중에 한번 또 보자고."

"예, 들어가세요."

"그래."

차 실장을 보내고 다시 제자리로 돌아온 민철.

그때, 보여야 할 인물이 보이지 않는다.

"화연 씨는… 어디 갔습니까?

민철이 화연의 바로 옆자리에 위치한 태희에게 그녀의 행적에 대해 묻는다.

그러자 태희가 당황스러운 표정으로 말을 얼버무린다.

"그, 글쎄요… 잠깐 볼일이라도 있는 거 같던데요."

"볼일이라…….."

차마 화장실 갔다는 말을 직접적으로 하지는 못한 태희였으나, 그녀의 현재 위치에 큰 의의를 두지 않은 민철이기에 그러려니 하고 다시 제자리에 앉는다.

일단 중요한 자료는 손에 넣었다.

나머지는 자신의 추측을 확신으로 만들 법한 증거들을 수집하는 일이다.

"서 팀장."

"예."

"잠깐 회의실로 좀 와볼래?"

"네, 바로 가겠습니다."

키보드에서 손을 떼고 민철의 부름에 바로 응하며 자리를 뜨는 서기남.

인사팀의 차 실장과 무슨 이야기를 나눴길래 그가 나가자마자 바로 자신을 찾는 것일까.

호기심을 품으며 회의실 안으로 들어서자, 민철이 다시 한번 사일런스 마법을 건다.

회의실 자체는 방음 처리가 잘 되지 않는 편이다.

그래서 중요한 이야기가 오갈 경우에는 이렇게 일일이 사일런스 마법을 걸어두는 편이기도 하다.

귀찮지만, 이제부터 할 이야기가 외부로 흘러나가게 되면 두 배로… 아니, 서너 배로 귀찮아지게 될지도 모른다.

기남의 맞은편에 자리를 잡은 민철이 그를 응시하며 천천히 이야기의 포문을 연다.

"서 팀장이 분명… 총괄기획부로 발령이 되기 전에 근무하던 곳이 감사팀이었었지?"

"예."

"그렇군. 감사팀이라……."

제아무리 민철이라 하더라도 타 부서에 가서 자료 조사 열람을 신청할 수는 없다.

하나 감사팀이라면 어떨까.

청진그룹은 자체적으로도 부정행각 척결을 슬로건으로 걸 만큼 깨끗한 회사 운영을 지향하고 있다.

예전에 강태봉이 회사를 그만두게 된 이유도 바로 부정적안 방법으로 뒷돈을 받아가며 청진그룹 회사 기밀 정보를 외부로 유출했다는 혐의를 받아서였다.

물론 태봉뿐만이 아니라 다른 몇몇 사원들 역시도 그런 부정행각을 저지른 전례는 있다.

그러나 대한민국이라는 나라가 그렇듯이 뭐든지 걸리지만 않으면 그만이다.

태봉의 경우에는 워낙 얼굴에 모든 감정이 다 드러나는 타입인지라 자신이 저지른 실수를 감추지도 못한 채 그대로 부정행위가 적발이 되어 퇴사 조치를 당하게 되었다.

더불어 한상술의 경우에도 이와 비슷하다.

노동조합 조합장으로 일하면서 노조원들을 살살 구슬려 상대방에게 뒷돈을 챙겨 받은 적이 있었다.

그 덕분에 한상술 또한 퇴사를 당할 수밖에 없었다.

감사팀의 영향력은 사내에서도 상당히 강한 편이다.

그래서 타 부서 사람들 또한 감사팀을 함부로 대하거나 하진 못한다.

"감사팀 중에서 믿을 만한 사람이 있나?"

"믿을 만한 사람이라면… 대충 어떤 부류를 원하십니까?"

"입이 무거운 사람으로."

"……."

민철의 말을 듣자마자 서기남의 머릿속에 한 명 떠오르는 사람이 있었다.

"있긴 합니다만."

"직급이 어떻게 되지?"

"팀장입니다. 강철호 팀장이라고… 혹시 아십니까?"

"대충 들은 바는 있어."

직접적으로 같이 무언가를 단합하여 해보거나 한 적은 없지만, 오며 가며 안면 정도는 숙지해 둔 사람이기도 하다.

"저랑 동기이기도 한데… 입이 굉장히 무겁습니다. 그리고 성실하기도 하고요."

"성실이라……."

좋은 말이다.

성실한 사람은 다시 말해서, 착한 사람이라는 것을 뜻하니 말이다.

하지만 민철이 원하는 그런 상은 아니다.

오히려 뭐라고 해야 할까. 이해관계를 따지는 그런 여우 같은 사람이 필요했기 때문이다.

'아니지. 반대로 생각해 보자. 잘 구슬릴 수만 있으면, 괜찮은 수족으로도 부릴 수 있을 거야.'

마치 도안처럼 말이다.

게다가 너무 약삭빠르면, 민철이 스스로 컨트롤을 할 수가 없을지도 모른다.

언제 또 보다 더 큰 이득을 좇아 민철이 시킨 내용을 그대로 다 일러바칠지도 모르기 때문이다.

"그 사람 좀 따로 소개시켜 줄 수 있겠나?"

"어렵지 않습니다만… 무슨 일이라도 있으신 겁니까? 아까 전에 차원소 실장이랑 이야기하는 것도 그렇고……."

"네가 신경 쓸 만한 일은 아니야. 그저 개인적으로 조사해 보고 싶은 것이 있으니까."

"……."

감사팀에 소속되어 있는 인물을 따로 소개시켜 달라 말할 정도면 뭔가 꺼림칙한 게 있다는 뜻이 아닐까.

민철이 신경 쓰지 말라고 말은 했지만, 기남도 인간인 이상 자연스럽게 그쪽으로 호기심이 생길 수밖에 없다.

물론 그건 민철도 잘 알고 있다.

호기심은 인간을 직접 행동에 임하게 만드는 원동력이 되기도 하니까.

'어쩔 수 없지.'

불안 요소는 미리 싹을 잘라둬야 한다.

기남에게 더 이상 호기심을 가지지 않게끔 만들 필요성이 있다.

"…그냥 잠시 옛 일 좀 조사하려고 했을 뿐이야."

"예전 일이라면……."

"너도 그때 당시에는 감사팀이라 잘 알고 있겠지만, 홍보팀에서 강태봉이라는 사람이 뒷돈을 받아 회사 기밀을 빼돌린 혐의로 퇴사를 당한 적이 있잖나."

"예, 기억하고 있습니다."

"거기에 관해서 조사를 해보려는 것일 뿐이야. 난 그때 신입 사원에 불과했으니 사건이 어떤 식으로 흘러가고 그때 당시 정황이 어떤지 몰랐으니까."

"하지만 이미 해결된 일 아닙니까? 굳이 조사를 할 필요까진……."

"그냥 자기만족이지. 미련이라고 할까. 사적으로도 친한 사람이었고. 단지 그뿐이야."

"그렇군요……."

미련(未練).

그 단어를 듣는 순간, 어째서 민철이 이렇게까지 감사팀에 집착을 보이는지 대략 공감할 수 있었다.

태봉이 여러모로 조사를 받을 무렵, 그 시기에 이제 막 감사팀에 막 입사해 일하고 있을 시절이었던 기남은 어떻게 상황이 돌아갔었는지 자세히는 모른다.

강태봉 사건은 자신이 입사 이후 처음으로 겪게 된 내부 부정행위 사건이었으며, 그 덕분에 어렴풋이 아직도 기억을 하고 있었다.

"제가 그 사건을 담당하고 있었다면, 이 부장님께서 궁금하게 여기시는 점에 대해 속 시원하게 말씀드릴 수 있었을 텐데… 아는 게 없어서 그저 죄송할 따름입니다."

"아니야. 네 잘못이 아니니 사과하지 않아도 돼. 아무튼 그 강철호 팀장이라는 사람과 연결 좀 잘 부탁하마."

"예, 알겠습니다. 그 친구라면 아마 속 시원하게 대답해 드릴 수 있을 겁니다. 그 사건 담당은 아니었지만, 그래도 감사팀이 다년간 도맡았던 사건 내역에 대해서는 꿰차고 있을 테니까요."

"그렇다면야 다행이군."

이렇게 해서 강철호라는 사람과 만남을 주선받게 된 이민철.

하나.

그가 아직 서기남에게 말하지 못한 이야기가 하나 있었다.

'미안하구만, 서 팀장. 의도치 않게 거짓말을 하게 되어서⋯⋯.'

그가 굳이 이제와서 강태봉 사건을 들출 필요가 있을까?

천만에.

그럴 시간도 없을뿐더러, 이미 해결된 사건을 가지고 왈가왈부해 봤자 득이 되는 건 아무것도 없다.

물론 자기만족과 미련이라는 단어를 써서 기남을 납득시키긴 했지만⋯⋯.

결론부터 말하자면, 그저 거짓말에 불과하다.

표정 변화 하나 없이, 그리고 일체의 말더듬도 없이 능수능란하게 해내는 거짓말 솜씨.

말로 하는 모든 것에서 민철을 따라잡을 사람은 아마 없을 것이다.

거짓말 또한 그의 주특기 중 하나다.

상대방에게 거짓말을 하고 있다는 티를 내지 않으려면 우선적으로 말에 막힘이 없어야 한다.

거짓말은 없는 사실을 꾸며내는 것이기 때문에 중간중간

에 생각을 정리하느라 자신도 모르게 말이 막히는 구간이 더러 발생한다.

그 순간, 이미 거짓말을 하고 있다는 걸 대놓고 광고하는 꼴이 되어버린다.

그리고 무엇보다 표정 변화에 유의해야 한다.

사람의 감정을 가장 잘 드러내는 건 바로 표정이다.

표정에서 모든 것을 읽을 수 있다.

다시 말하자면, 표정이 거짓말 탐지기의 역할도 하게 된다는 뜻이다.

포커페이스를 유지하는 건 기본이요, 눈동자의 움직임, 그리고 손 떨림 하나하나까지 전부 다 신경 쓴다.

그것이 바로 거짓말을 잘하기 위한 민철만의 스킬이기도 하다.

그가 진짜로 원하는 건 감사팀을 통해서 고청산업의 정보를 얻어내는 일이다.

'분명 뭔가가 나올 거다, 분명히……'

이번 강오선 사건은 장진석 전무가 전적으로 혼자 담당했다.

하지만 고청산업이란 존재에 관해서는 어떨까?

'뭔가 구린 냄새가 난단 말이지.'

민철의 눈이 강한 이채를 띠기 시작한다.

＊　　　＊　　　＊

"레이폰 더 데스사이드라……."

겉으로는 내심 모른 척하는 화연이었으나, 누구보다도 그 사람이 누군지 잘 알고 있다.

레이폰 더 데스사이드.

바로 이민철 아니겠는가.

"그자가 저처럼 이 세계에 다시 환생했다는 말을 들었습니다."

"누구한테서요?"

"…글쎄요. 뭔가 말로 형용할 수 없는 존재였는데……."

"그 존재가 도안 씨를 다시 환생시켜 줬다는 건가요?"

"아마 그렇게 추측됩니다."

"어머나… 신기한 일이네요."

누가 봐도 고차원적 존재임을 확신한다.

물론 이 모든 정황은 이미 그녀도 잘 알고 있다.

하나 '추화연'이란 인물은 고차원적 존재가 누구인지, 그리고 레이폰 더 데스사이드라는 인물이 구체적으로 누구인지 모른다는 설정을 갖추고 있다.

여기서 괜히 알은척을 해봤자, 도안에게 추궁당하는 일밖에 더 있겠는가.

"그래서 혹시 MBS 내부에서 그 레이폰이란 작자를 찾아낼 수 있지 않을까 하고 생각 중입니다만……."

"그자도 마법사인가요?"

"아닙니다. 엄밀히 말하자면……."

잠시 고민을 해보는 도안.

뭐라고 표현해야 좋을까.

마법도 익혔고, 검술 실력도 나름 준수한 편이다.

그렇다고 마검사라 하기에는 좀 부족한 면도 없지 않아 있다.

결국 고심 끝에 도안이 내민 표현은 실로 당혹스럽기 그지없다.

"…사기꾼입니다."

"아하……."

"그 작자는 말을 정말 잘합니다. 인정하고 싶진 않지만… 화술 하나만큼은 정말 인정하지 않을 수가 없더군요."

"전생에서 만나본 적이 있으신가요?"

"예. 몇 번이나 만나봤습니다. 솔직히 말씀드리자면, 학구적인 면에서도 어느 정도 통달한 사람이었지요. 말도 잘 통하고, 무엇보다도 좋은 사람처럼 보였습니다. 물론 그 뒤로는 사기꾼이라는 걸 알게 되었지만요."

"나쁜 사람이네요."

"레디너스의 평화를 어지럽히는 악의 불씨이기도 하죠."

"아하하……."

민철이 만약 이 자리에서 도안의 말을 들었다면 어떤 반응을 보였을까.

긍정?

아니면 부정?

화연의 입장에선 과연 그가 어떤 대응을 보여줄지 궁금해 죽을 지경이었다.

하지만 그렇다고 도안에게 민철이 레이폰이라고 사실대로 토로할 순 없다.

아직 민철은 그녀에게 있어서 이용 가치 다분한 존재다.

게다가 그는 자신을 비롯해 다른 고차원적 존재들이 추대한 인간계 대표이기도 하다.

말 잘하는 인간 대표를 신에게 올려 보내 고차원적 존재들이 신을 대신해 인간계를 잘 다스리고 있다는 점을 신에게 어필하게끔 만들어야 한다.

그래서 일부러 말을 잘하는 사람으로 레이폰 더 데스사이드를 고른 것이다.

그러나 상황은 그저 난감하게 흘러갈 뿐이었다.

"레이폰… 어떻게 해서든 찾아내 제 손으로 심판을 내릴 겁니다. 반드시!!"

"······."

민철에게 때 아닌 위기가 찾아오는 듯한 징조(徵兆)가 엿보이기 시작한다.

＊　　　＊　　　＊

"다녀왔어요."

사무실 문을 열고 안으로 들어서던 화연이 목소리를 높여 복귀 선언을 들려준다.

도안은 잠시 휴게실에서 생각할 게 있다고 하고선 나중에 들어온다고 했다.

그 틈을 타 화연이 빠르게 민철을 향해 다가간다.

"이 부장님."

"네, 무슨 일이죠?"

"잠시 저랑 이야기 좀 나눌까요?"

"······?"

추화연이 이상한 언행을 하는 건 한두 번이 아니다.

이제는 그녀의 돌발 행동에 어느 정도 적응이 된 모양인지 민철이 고개를 끄덕이며 알았다는 의사를 표현한다.

그는 자리에서 곧장 일어선 뒤 화연을 따라 장소를 이동

한다.

이들이 향한 곳은 바로 회사 건물 옥상.

문을 닫는 순간, 화연이 빠르게 주변 일대에 침묵 마법을 걸어둔다.

마나의 흐름을 알아차린 민철이 곧장 말을 놓으며 화연에게 질문을 던진다.

"남이 들으면 안 될 이야기라도 되나 보군."

"뭐, 그런 셈이지."

가볍게 어깨를 으쓱이던 화연이 난간에 몸을 기댄다.

혹여나 이들의 이야기가 도안에게 새어 들어가게 되면 곤란하다.

제아무리 도안이 9클래스를 마스터한 마법사라 하더라도 화연은 인간계를 지배하는 고차원적 존재의 현신이다.

비록 인간의 모습을 하고 있다 하더라도 최소 도안 수준의 마법은 부릴 수 있다.

"할 이야기가 뭐지?"

"엄청난 일이 벌어졌는데, 그렇게 여유 부려도 돼?"

"……."

그 말을 듣자마자 민철의 표정이 미묘하게 변화하기 시작한다.

사실 인간계에서 생활하는 것에 대해선 별다른 어려움은

없다.

청진그룹에 관한 일, 강오선 사건, 그리고 앞으로의 사내 정치 싸움 등등.

이 모든 것들은 민철에게 있어서 '큰일'이라는 범주 내에 속하지 않는 것들이기도 하다.

민철은 이것들을 두고 위기라고 생각했던 적이 별로 없었다.

어차피 자신의 처세술과 화술이라면 충분히 극복 가능한 수준의 문제들이다.

이 세계에서 전쟁이 벌어지지 않는 이상, 웬만한 일들은 민철의 능력으로도 충분히 극복 가능할 만한 것들뿐이니까.

하지만 단 하나.

민철의 처세술과 화술로도 깔끔하게 해결을 보기 힘든 일이 하나 있다.

"레이너 슈발츠에 관한 이야기인가?"

"정답."

화연이 작게 감탄사를 내뱉으며 솔직하게 답변을 내놓는다.

하나 자신의 추측이 확신으로 바뀌는 순간, 민철의 표정은 더더욱 일그러질 수밖에 없었다.

"상황이 어떻게 되어가고 있지?"

"간단해. 그자가 당신을 찾아내고 싶다 하더라고."

"너한테 그런 말을 한 건가?"

"MBS에 관한 정보를 잘 알고 있냐는 말로 시작해서 결국은 레이폰 더 데스사이드를 찾고 싶다는 결론까지 이어지게된 거지. 그 사람도 정말 솔직하더라. 그 레이폰이라는 사람이 나일지도 모른다는 우려 같은 건 안 했나? 나 같으면 그런경우의 수도 감안해서 레이폰과 레디너스에 관한 이야기를다른 사람에게 함부로 발설하거나 하지 않았을 텐데."

"…아니, 오히려 그런 면이 레이너 슈발츠다울지도 몰라."

민철도 전생에서 그와 몇 번 만나곤 했다.

올곧고 솔직한 성격을 지니고 있는 남자, 레이너 슈발츠.

하지만 그렇기 때문에 더더욱 세상이란 잔혹한 파도에 견디지 못해 그대로 휩쓸려 내려가고 말았다.

레디너스 대륙도 결국 이 세계와 마찬가지다.

불신과 탐욕으로 물든 인간들은 반드시 존재하고, 배신과모략이 난무한다.

제아무리 다른 차원의 주민이라 하더라도 인간은 결국 같다.

불완전하기에 인간은 깨끗하지 않다.

애초에 민철은 자신의 머릿속에 그런 전제를 깔고 있기 때문에 쉽사리 타인을 믿지 않는다.

친구 사이라든지 애인 관계 등등 이러한 것들은 결국 타인과 함께 신뢰를 쌓아가는 과정에 불과하다.

그 과정이 정점에 달하는 순간, 그 사람을 믿을 수 있다는 결론에 다다르게 된다.

민철은 지금까지 그렇게 자신의 편이 되어줄 사람을 가려왔다.

하지만 도안은 과연 어떤가?

그는 이민철이란 남자는 철저하게 믿는 편이지만, 레이폰 더 데스사이드에 대해선 강한 증오심을 품고 있다.

분명 두 사람 다 같은 인물이지만 어느 한쪽에는 강한 신뢰를, 그리고 어느 한쪽에는 강한 분노를 지니고 있는 게 현재 상황이다.

"어렵군……."

도안이 본격적으로 레이폰 더 데스사이드를 찾기 위해 움직인다면, 민철 또한 그에 대해 마주 응수해야 한다.

우선 민철이 가장 걱정하는 부분부터 확인을 해둬야 한다.

"한 가지 물어보지."

"뭔데?"

"레이너 슈발츠를 이 세계로 소환한 또 다른 고차원적 존재들에 관한 거다. 그들이 다시 도안의 앞에 나타나 내가 레이폰 더 데스사이드라는 말을 들려주게 되면 모든 게임이 끝

난다고 생각했는데… 그들은 그렇게 하지 않았지. 그 이유가 있나?'

예전부터 민철이 궁금하게 생각했던 거였다.

도안에게 '민철이 레이폰이다' 라는 말만 해줘도 사실상 이미 끝난 게임이었다.

하나 그들은 그렇게 하지 않았다.

그 이유에 대해서도 물론 민철이 생각하는 바가 있었다.

굳이 화연에게 이 질문을 던진 이유는, 자신의 추측을 확신으로 바꾸기 위함이다.

"너도 얼추 알고는 있겠지만, 그들은 바로 널 직접 암살할 목적으로 도안을 소환한 게 아니야. 어디까지나 '자연사' 로 보이게 하려고 한 것뿐이지."

"자연사로 위장할 수 있나?"

"인간이 차원을 넘는 건 빈번하지 않지만, 아주 가끔 자연적으로 벌어지는 현상이기도 해. 아마 그 고차원적 존재들은 도안이 이 차원으로 넘어온 걸 자신들이 의도해 만든 결과가 아닌 일종의 자연재해로 위장하려고 했겠지. 그런데 고차원적 존재들이 네가 레이폰이란 정보를 흘리게 되면, 복수심에 사로잡힌 도안은 바로 널 암살하려고 들겠지. 자연재해로 넘어온 인간이 바로 널 찾아내서 죽이려고 시도를 한다면, 레이폰이란 자를 제거하기 위해 일부러 누군가가 도안을 소환했

다는 걸로밖에 안 보이잖아? 그 의심을 덜하기 위해 상대 쪽
도 일부러 도안을 방치하고 있는 거야. 즉, '시간 차 공격'인
셈이지."

"…일리가 있군."

"그리고 어차피 '레이폰이 이 세계에 있다'라는 말만 흘려
줘도, 도안이 알아서 행동을 진행할 거라고 생각을 해뒀겠지.
설사 찾지 못한다 하더라도 네가 신과의 만남을 성사시키기
전에 직접 도안과 접촉을 시도해 너의 정체가 누구인지 알려
줄 수도 있어. 그게 가장 위험한 거지."

민철 쪽에서 마땅한 조치를 취하기 전에, 화연과 척을 지고
있는 고차원적 존재들이 도안에게 진실을 알려주기라도 한다
면 모든 것이 끝이다.

어떻게든 그것만큼은 막아야 한다.

민철이 청진그룹을 차지하기 전에 도안에게 죽임을 당한
다면, 신과의 만남조차 성사되지 않을 확률이 크다.

그것만큼은 어떻게든 막아내야 한다!

"결국 시간 싸움이란 뜻이군……."

아직까진 민철이 청진그룹을 비롯해 이 세계 자본주의의
정점에 오르기엔 시간이 많이 필요하다.

적대심을 품고 있는 고차원적 존재들도 아마 그 타이밍을
재고 있을 게 분명하다.

가뜩이나 남우진이 독립이라는 초강수를 띄운 상황에서 도안의 일까지 고려해야 하니…….

'최악의 상황이로구만.'

민철의 머릿속은 점점 복잡해지고 있었다.

그렇다고 한들, 어느 한 쪽이라도 포기할 순 없다.

생존과 성공.

두 가지의 거대한 목표가 동시에 걸려있는 셈 아닌가.

"대책을 강구해야겠어."

* * *

띵동.

벨이 울리자마자 앞치마를 두른 체린이 현관문을 향해 발걸음을 재촉한다.

문을 열자, 그녀가 예상했던 인물이 문 앞에 서 있었다.

"이제 왔어? 저녁은?"

"…오늘은 생각이 없어."

"……?"

"잠깐 생각할 게 있어서. 2시간 정도 못 본 척해줘."

"응… 알았어……."

민철의 얼굴에 심각함이 담긴다.

체린은 이렇게까지 진지한 표정을 지어 보이는 민철을 본 적이 없었기에 내심 당황할 수밖에 없었다.

도대체 무슨 일이 그를 짓누르는 것일까.

한편, 거실을 지나쳐 자신의 서재로 들어온 민철에 의자에 몸을 묻는다.

체린에게는 몹쓸 짓을 해버렸지만, 그래도 지금 당장은 사사로운 감정보다 앞으로의 일에 대한 대책을 먼저 세울 필요가 있다.

남우진의 독립이라는 공격에 대해선 이미 민철도 손을 써두고 있는 상황이다.

하지만 도안의 일은 어찌 해야 하는가?

일단 MBS라는 허구적인 집단을 통해서 그를 묶어두긴 했지만, 그 이후의 일 또한 고려하지 않으면 안 된다.

'생각해 보자, 생각을 해⋯⋯.'

우선 도안은 자신에게 증오심을 품고 있다.

그 증오심의 원인도 얼추 알고 있다.

도안을 중심으로 뭉쳐 있던 작은 마법사 집단.

그들은 하나같이 도안의 동기 마법사들이었다.

하나 민철이 알고 있는 바로는, 그 동기 마법사들이 도안을 배신해 그를 죽이고 자신들이 도안의 자리를 대신 차지한 것으로 알고 있다.

도안을 죽이자고 몰래 계책을 세우던 인물.

그 인물의 이름 또한 잘 알고 있다.

"분명… 네이볼트라는 놈이었지."

네이볼트 클레릭.

도안의 동기이기도 하며 동시에 절친한 친구 사이이기도 했던 마법사다.

그 또한 어린 나이에 8클래스를 마스터하며 세간에 천재라 불리던 마법사였으나…….

문제는 바로 도안이었다.

8클래스를 마스터한 것까진 좋았으나, 인간의 영역을 뛰어넘었다고 알려져 있는 9클래스를 마스터한 도안이 있었기에 그는 쉽사리 빛을 보지 못했다.

결국 압도적인 1인자에게 묻힌 2인자의 길을 걸어온 남자.

그게 바로 네이볼트 클레릭이란 자의 이야기다.

민철은 한때, 마법사 길드에 볼일이 있어 잠시 마법사들의 연구 시설이기도 한 '마법사의 탑'에 방문을 한 적이 있었다.

그때, 레이너 슈발츠와 네이볼트 클레릭, 두 남자와 처음 인사를 나누게 되었다.

두 사람 다 딱히 서로에게 나쁜 감정 같은 건 없어 보였다.

'하긴… 처음부터 애초에 서로 헐뜯는 사이였다면, 레이너

슈발츠가 네이볼트 클레릭을 친우(親友)라 생각하지도 않았겠지.'

그렇다면 분명 사이가 틀어지게 된 계기가 있을 것이다.

그 계기에 레이폰 더 데스사이드가 연관되어 있다고 굳게 믿고 있는 인물이 바로 도안이다.

그래서 아마 민철의 목숨을 노리고 있는 게 아닐까 싶다.

자신의 친구인 네이볼트를 꼬드겨 다른 마법사 동기들과 함께 레이너 슈발츠를 제거하게 만들었다.

그 이유 때문에 레이너 슈발츠는 레이폰에게 엄청난 증오심을 품고 있다.

하지만.

도안은 가장 중요한 사실을 알고 있지 못했다.

레이폰 더 데스사이드는 결코 레이너 슈발츠란 천재 마법사를 제거하기 위해 음모를 꾸미거나 하지 않았다.

그리고 네이볼트에게 몰래 그를 암살하란 사주를 한 적도 없다.

다시 말해서, 레이폰은 레이너 슈발츠의 죽음에 연관되어 있지 않다는 걸 뜻한다.

레이폰의 계획에 레이너 슈발츠가 걸림돌이 된 적은 단 한 번도 없었는데, 레이폰이 왜 그를 제거하려 들겠는가.

그럼에도 불구하고 도안은 레이폰이 자신의 친구를 꼬드

겨 본인을 죽음까지 몰아세운 것으로 오해하고 있다.

그렇다면 결론은 하나다.

"네이볼트 클레릭이… 내 이름을 팔았다고밖에 볼 수 없겠
군."

제6장

공방(攻防) I

저녁 9시가 다 되어가는 상황에서도 민철은 여전히 서재에
틀어박힌 채 생각에 잠겨 있었다.

"……."

네이볼트 클레릭이 분명 레이폰의 이름을 판 게 틀림없
다.

아무리 생각해도 정황상 그것밖에 없기 때문이다.

민철은 딱히 레이너 슈발츠를 위험인물로 생각한 적은 없
었다.

오히려 마법의 무궁한 발전을 위해서라도 레이너는 레디

너스 대륙에서 반드시 필요한 인재라고 생각했다.

그런 레이폰이 어찌하여 레이너 슈발츠의 암살에 동참했겠는가.

그거야말로 말도 안 되는 소리다.

하지만 도안은 전생의 자신을 죽음으로 몰아세운 것이 레이폰이라고 철썩같이 믿고 있다.

남의 말을 잘 귀담아 듣지 않는 벽창호 같은 그를 상대로 과연 민철이 어떠한 말을 할 수 있을까.

아니, 그것보다 더 중요한 문제가 있다.

'거짓으로 다시 한 번 레이너를 속이느냐… 아니면 진실을 토로하느냐… 그것부터 정할 필요가 있겠군.'

마음 같아선 차라리 끝까지 자신이 레이폰 더 데스사이드란 사실을 감추고 싶다.

비록 전생의 그가 레이너 슈발츠의 죽음에 직접적으로 연관되지 않았더라도, 그 오해를 풀기까지의 과정이 상당히 험난할 것으로 예상되었기 때문이다.

그리고 모든 진실을 밝히고, 도안에게 자신의 무죄를 입증하기까지 드는 노력과 시간도 아깝다.

거짓말을 통해서 평생 도안을 속일 수만 있다면, 아마 그게 베스트이지 않을까 싶다.

하지만 문제는 화연과 적대적인 세력을 구축하고 있는 고차원적 존재 그 자체다.

그들은 일부러 민철이 레이폰 더 데스사이드의 환생체라는 말을 하지 않고 있다.

목표는 뻔하다.

도안을 통해서 민철을 암살하려는 것이다.

화연의 모든 말이 사실이라는 가장을 통해서 추측하자면, 민철이 청진그룹을 접수해 고차원적 존재들과의 내기를 완수해 신과 만날 수 있는 자격을 갖추기 전에 그의 목숨을 앗아갈 게 틀림없다.

여러모로 타이밍 싸움이다.

결론부터 말하자면, 도안을 끝까지 속일 수는 없음을 뜻한다.

민철이 잘 속였다고 해봤자, 고차원적 존재가 지금까지의 사실을 도안에게 이실직고(以實直告)하는 순간, 모든 것이 끝나게 된다.

그렇게 된다면, 더 이상 돌이킬 수가 없다.

도안을 속였다는 괘씸죄까지 포함이 된다면, 도안은 결코 민철의 말을 들으려 하지 않을 것이 뻔하기 때문이다.

그렇다면 남은 방법은 하나다.

'진실을 말해 나의 결백을 주장한다…….'

하지만 그것 또한 결코 쉬운 방법이 아니다.

지금 민철과 도안이 있는 이 세계는 레디너스 대륙이 아니다.

레이폰이 레이너 슈발츠의 죽음에 동참하지 않았다는 걸 증명할 수 있는 수단 같은 건 아무것도 없는 셈이다.

그런데 어떻게 진실을 밝히겠다는 건가?

어림도 없는 일이다.

그래서 민철은 가급적이면 거짓말을 통해 진실을 은폐하려 했었다.

하지만 그것도 결국은 한계에 다다를 것이다.

한계에 봉착해 도안에게 죽음을 맞이하게 될 바에야…….

'해볼 수 있는 일을 하는 수밖에 없겠군.'

힘든 일이 될지도 모르지만, 그 수밖에 없다.

도안에게 진실을 밝히고, 그 진실을 믿게끔 설득한다.

분명 어려운 작업이다.

하지만.

민철이 누구인가.

신조차도 속일 수 있는 희대의 사기꾼이라 불릴 만큼 뛰어난 화술을 보유한 남자 아니겠는가.

'작전을 세워야겠어.'

민철의 머릿속이 빠르게 회전하기 시작한다.

　　　　　*　　　　*　　　　*

"민철 씨에게… 독립 의사를 밝히셨단 말씀입니까?!"

성진이 믿기지 않는단 표정으로 자신의 아버지를 바라본다.

"그렇게 되었다."

"언제 그런 말을 꺼내신 겁니까?"

"한경배 회장의 생신 파티 때다. 내가 이 부장에게 따로 자리를 가지자고 했었을 당시였지."

"……."

성진의 입이 순간 굳게 닫힌다.

오랜만에 본가로 돌아온 남성진이었으나, 그를 기다리고 있던 것은 본인도 아직 듣지 못한 남우진의 폭탄 발언이었다.

청진전자의 독립.

그건 정말 최악의 변수다.

만약 정말로 청진전자가 독립을 하게 되면, 남우진뿐만이 아니라 한경배 회장 세력 역시 둘 다 죽는 일밖에 되지 않는다.

남성진도 물론 독립에 대해서 생각을 안 해본 건 아니다.

하지만 결국 윈윈(Win-Win) 전략도 아닌, 너 죽고 나 죽자란 말밖에 되지 않았기에 성진은 독립이란 경우의 수 자체를 배제하고 있었다.

하나 이민철 부장에게 독립을 언급할 정도라면…….

남우진은 성진과 다르게, 독립에 대해서 그렇게까지 부정적으로만 생각하고 있진 않다는 걸 뜻하는 것이리라 보인다.

그것보다 성진이 이해하지 못할 만한 요소가 하나 더 있었다.

"왜 하필이면 이민철 부장에게 이야기를 한 겁니까?"

"어째서 그렇게 생각하지?"

"아버지를 공격하고 있는 인물은 한경배 회장님 아닙니까. 독립으로 회장님의 공격을 누그러뜨리려 했다면 애초에 한경배 회장님에게 독립 이야기를 꺼냈어야 한다고 생각합니다. 하다못해 서진구 부사장까지도 이해는 합니다만… 민철 씨는 도통 납득할 수가 없습니다."

"넌 아직 뭘 모르는구나."

테이블에 놓인 잔을 든 남우진이 천천히 안에 들어 있는 음료를 한 모금 들이켠다.

그러면서 천천히 입을 열기 시작한다.

"내가 보기에는 말이다… 한경배 회장과 서진구 부사장이 궁극적으로 노리고 있는 건 따로 있다고 생각한다."

"무슨 말씀이십니까?"

"나를 공격한다는 행동을 통해서 두 사람이 얻을 수 있는 이득이 뭐라고 생각하느냐."

"그야… 회장 세력의 강화 아니겠습니까?"

"그것과 연관된 이야기다."

잔을 내려놓은 남우진이 계속해서 자신의 생각을 말로 이어 붙인다.

"두 사람은 아마도 이민철 부장에게 차기 회장 자리를 넘겨줄 것이다."

"민철 씨에게……."

전혀 예상 못 한 것도 아니다.

현재 회장에게 총애를 받고 있는 건 이민철이다.

본래는 남성진도 강오선 사건을 통해서 한경배 회장에게 좋은 이미지를 받게 되었지만, 장진석 전무가 내통자로 밝혀짐으로 인해 남우진, 남성진 부자는 한경배 회장에게 단단히 미운 털이 박혀 버렸다.

물론 남성진은 아무런 잘못도 없다.

하지만 사람이란 결국 아무리 이성적으로 판단을 하려 해도 본능 또한 어느 정도 영향을 미치게 마련이다.

가뜩이나 남우진을 향해 분노를 불태우고 있는 한경배 회장인데, 그의 시선에 남성진이 곱게 보일 리가 없지 않겠는가.

남우진의 실책은 곧 그의 아들인 남성진에게까지 영향을 미칠 수밖에 없는 것이다.

이것이 혈연관계의 단점 아닌 단점이다.

"현재 한경배 회장과 서진구 부사장은 내 말이 통하지 않는 상태다. 두 사람 다 워낙 감정적인 면이 있으니까."

"그렇긴 합니다만⋯⋯."

"그렇다면 결국은 말이 통하는 사람에게 내가 내세울 수 있는 초강수를 언급해 줌으로써 조금이라도 견제를 덜 받게 하는 편이 좋지 않겠느냐."

"그 역할을 할 수 있는 사람이 바로 이민철 부장이란 뜻입니까?"

"정답이다."

차기 회장 자리를 차지할 유력한 후보.

이민철 부장에게 강력한 협박을 한 것이다.

"이제부터 천천히 어떤 식으로 반응을 보여줄지 파악하고, 거기에 맞게 대응하는 편이 좋을 게다."

"⋯⋯."

이민철.

과연 그 사람은 이 부자에게 어떤 식으로 답변을 보여줄까.

성진의 입장에선 민철의 한 수조차 내다보기 힘들 지경이
었다.

                    *   *   *

딸깍!

문고리가 열리는 소리가 들리자마자 체린이 걱정스런 표
정으로 민철의 서재 앞으로 다가간다.

끼릭.

나무로 된 문이 천천히 열리면서, 민철이 서서히 모습을 드
러낸다.

불과 2~3시간 정도 서재에서 혼자 시간을 보낸 것이 전부
지만, 얼굴은 마치 며칠 굶은 듯한 초췌함을 담고 있었다.

"민철 씨. 무슨 일 있었어?"

"있긴 있었지."

건성으로 체린의 말에 대답해 준 뒤, 거실에 있는 소파에
털썩 몸을 누인 민철이 깊은 한숨을 내쉰다.

자연스럽게 그의 옆으로 다가와 앉은 체린이 여전히 굳은
표정으로 말을 걸어온다.

"안 좋은 일이야? 도대체 어떤 일이길래……."

"괜찮아. 너무 걱정하지 마. 조만간 다 해결될 테니까."

겉으로 봤을 땐 멀쩡해 보이지 않을지도 모르지만, 이래 봬도 민철의 머릿속에는 이미 계책 하나가 자리를 잡고 있었다.

하나 세상일이 늘 그렇듯 의도한 그대로 모든 일이 흘러가지 않는다.

하다못해 친구들끼리의 간단한 약속조차 어긋나거나 하는 게 세상일 아니겠는가.

목숨을 건 계획인 만큼 신중에 신중을 기해야 할 필요가 있다.

"잠깐 전화 한 통화 좀 하고 올게."

"바깥에서?"

"어. 길지 않을 테니까 조금만 기다리고 있어. 배도 고프니까… 야식이라도 먹을까."

"응, 알았어."

체린의 얼굴이 다시금 화색을 띠기 시작한다.

저녁도 굶고 몇 시간 동안 혼자서 서재에 틀어박혀 있던 민철이었기에 무언가를 먹고 싶다는 말이 이토록 반갑게 들린 적도 없었을 것이다.

민철이 이렇게까지 고민하는 모습은 체린의 입장에선 정말 보기 힘든 일이었다.

도대체 무엇이 민철을 이리도 괴롭힌 것일까.

물어보고 싶긴 하지만, 그렇다고 순순히 이야기해 줄 거란 생각도 들지 않는다.

그저 민철의 옆에서 힘이 되어주는 수밖에……

그것만이 지금의 체린이 할 수 있는 최대한의 일이 아닐까 싶다.

*　　　*　　　*

"레이폰 더 데스사이드……"

도안이 바닥에 누운 채 천장을 바라보며 레이폰의 이름을 다시금 되새겨 본다.

레디너스 대륙에서 그의 이름을 모르는 사람은 찾아보기 힘들 정도였다.

그만큼 레이폰은 레디너스 전반을 떠들썩하게 만든 인물이자 동시에 문제아였다.

그의 말 한 마디에 전쟁이 발발하기도 했고, 원수지간이던 국가가 갑자기 연합을 하는 경우도 있었다.

도안 역시 전생에 레이너 슈발츠로 살아갈 당시, 레이폰과 만났던 적이 있었다.

그때 당시 그는 악인이라고 보기에 힘든 아우라를 지니고 있었다.

학문에 조예가 깊고, 무엇보다도 사람을 대하는 언행에서 겸손이 느껴졌으며, 상대가 자신보다 연하라든지 부족한 면모가 있다 하더라도 그자를 하대한다는 태도 따윈 전혀 찾아보기 힘들었다.

첫 만남에선 결코 나쁜 인상이 아니었다.

하나 문제는 그 이후부터 벌어지게 되었다.

자신의 친우이기도 한 네이볼트는 분명 이렇게 말했다.

레이폰 더 데스사이드가 네이볼트의 가족들을 비롯해 동기 마법사들의 소중한 사람들을 인질로 잡고 있다고…….

그리고 만약 네이볼트와 동기들이 레이너 슈발츠를 죽이지 않는다면, 인질들의 목숨을 앗아 가겠다고 했다고 했다.

그 결과가 지금으로 이어진다.

레이너 슈발츠는 결국 네이볼트와 동기들의 배신에 죽임을 당했고, 결국 도안은 다시금 이 세계로 환생하게 되었다.

"레이폰… 그자가 이 모든 일을 계획했다 이거지……."

하지만 죽음을 맞이하는 마지막 순간까지도 레이너 슈발츠가 이해할 수 없는 한 가지 의문점이 있었다.

도대체 레이폰은 어떠한 이유로 레이너 슈발츠를 죽음으로 몰아세우려 했던 것일까.

과연 레이너 슈발츠가… 아니, 도안이 무엇을 잘못했길래.

"알 수가 없구나."

혼자만의 생각에 잠기고 있을 무렵.

띠리링~!

벨소리가 들림과 동시에 스마트폰을 집어 든 도안이 자신의 눈을 의심한다.

"이민철 부장님이 나한테 통화를……?"

*   *   *

우우웅―!

주변의 공기가 진동하면서 동시에 밝은 빛이 투영되기 시작한다.

어두컴컴한 주변 일대를 한꺼번에 밝힐 만큼 환한 빛이 발현되지만, 이윽고 머지않아 빠르게 빛의 잔재가 사라진다.

대신, 그 자리에 모습을 드러낸 민철이 미약한 숨을 내쉰다.

"오랜만에 순간이동 마법을 사용해서 그런지… 피곤하구만."

출근을 할 때에도 자주 마법을 통해서 하곤 했었지만, 결혼 생활을 하기 시작한 이후로 체린의 눈을 피해 자가 차량을 통한 출근을 고집하다 보니 결과적으로 오랜만에 마법을 사용하게 된 꼴이 되었다.

물론 사용하는 법이 기억이 안 날 만큼 오래되진 않았지만, 그래도 주기적으로 마법을 습관처럼 사용해 봐야 한다는 사실을 몸소 깨닫고 말았다.

"이 근처인가."

스마트폰을 꺼내 지도 어플을 실행한다.

동시에 민철이 속으로 혼잣말을 되새긴다.

'매번 느끼는 거지만… 이 세계는 참으로 편리하단 말이지.'

굳이 머릿속으로 지리를 기억할 필요 없이 스마트폰 하나만 있으면 그만이다.

그게 바로 이 시대라 할 수 있다.

"얼추 여기인 것 같군."

민철의 시선이 어느 한 원룸형 주택으로 향한다.

처음 찾아오는 곳이긴 하지만, 주변 일대의 건물들과 지도상 표기되는 건물 정보가 일치하는 것으로 봐선 아마 제대로 찾아온 것으로 보인다.

천천히 건물 안으로 들어서며 계단을 통해 2층으로 향한다.

오른쪽에 위치한 202호 문 앞에 서 가볍게 노크를 시도하려던 순간.

딸깍!

문을 두드리기 전에 도리어 잠금장치가 해제된다.

동시에 조금씩 문이 열리기 시작하면서 안에 있던 인물이 고개를 빼꼼 내민다.

"어머나, 일찍 왔네?"

"미룰 시간이 없으니까."

"하긴, 그렇겠지."

고개를 내민 채 민철과 대화를 주고받던 여성, 추화연이 짧은 단발 머리카락을 찰랑이며 머리를 끄덕여 준다.

그러더니 곧장 안으로 들어오라는 수신호를 건넨다.

"바깥에서 계속 이야기하기도 그러니까 들어와."

"그러마."

순순히 그녀의 제안을 받아들인다.

애초에 이곳에 방문한 목적은 화연을 만나는 것에 있었다.

철컹!

문을 닫고 집 안으로 들어선 민철.

생각보다 평범한 인테리어로 꾸며진 내부 환경에 작은 탄성을 내뱉는다.

'고차원적 존재라고 하나… 평범한 인간 여성과 별반 다를 바가 없군. 아니, 오히려 더 깔끔한 축에 속하는 건가?'

깔끔하다기보다는 뭔가 집이 텅 비어 보인다.

TV라든지 냉장고, 세탁기 같은 것들은 마련되어 있지만, 뭐라고 할까… 부가적으로 집을 꾸며주는 그런 장식품들은 전혀 존재하지 않다.

하다못해 쿠션이라든지 액자, 벽시계 같은 것도 보이지 않는다.

"시계 정도는 있어도 나쁘지 않다고 생각한다만."

"시간의 흐름이야 어차피 본능적으로 감지할 수 있잖아?"

"……."

물론 인간으로선 거의 불가능한 일이다.

하나 추화연이 고차원적 존재의 헌신이라는 걸 감안하면, 일분일초 단위로 시간을 감지할 수 있다는 말이 오히려 납득이 된다.

"평소에는 뭘 하며 지내지?"

오락시설이라든지 심지어 책이나 컴퓨터 같은 것도 보이지 않는 집 내부를 둘러보며 형식적인 질문을 내뱉는 민철.

그의 질문에 대해 화연이 아주 간단한 답변을 들려준다.

"TV 봐."

"하루 종일?"

"응."

"지겨울 만도 할 터인데."

"TV를 통해서 인간계를 간접적으로 경험하는 거지. 보면 볼수록 신기하더라고. 약간 이해가 안 가는 점도 있지만… 아니, 솔직히 말하자면 아~ 주 많지만, 그래도 재미있어. 내 입장에서 보자면 의미 없는 행동들이긴 하지만."

"어떤 것들이 의미가 없다는 건지 모르겠군."

"구체적으로 말하자면… 여행?"

"여행이라."

심신의 안정을 찾기 위해 인간은 간혹 여행길에 오르곤 한다.

하지만 고차원적 존재가 불안정한 마음을 가라앉히려고 여행을 나선다고 한다면… 그거야말로 유머가 아닐까.

얼추 화연의 일상생활이 어떻게 돌아가는지 단박에 깨달은 민철이었다.

하나 이번 방문의 목적은 화연의 평소 생활을 파악하고자 하는 것 따위가 아니다.

"자자, 앉아."

"……."

부엌에 마련되어 있는 테이블과 의자 쪽으로 민철을 안내한다.

화연의 맞은편 의자에 자리를 잡은 민철이 그녀를 응시하더니 곧장 본론으로 들어가기 위해 입을 연다.

"단도직입적으로 말하마. 나를 도와줄 수 있나?"

"어떤 식으로 도와주느냐에 따라 달라져."

"무슨 뜻이지?"

"예전에도 말한 적이 있지만… 고차원적 존재들 간에도 파벌은 있어. 그런데 인간으로 몰래 둔갑해 있는 내가 갑자기 고차원적 존재로서의 권능을 발휘하게 된다면, 레이너 슈발츠를 소환한 그 녀석들에게 들킬 가능성이 있지. 내가 권능을 사용했다는 게 밝혀지기라도 한다면, 그 녀석들은 내가 놈들에게 선전포고를 했다 인식하고 곧장 총력전을 펼칠 거야. 그렇게 되면 내가 수행하고 있는 내기니 뭐니 이런 건 죄다 물거품이 되는 거지. 한마디로 난장판이 되는 거야. 너도 그건 바라지 않겠지?"

"…물론이지."

민철에게 가장 좋은 수단이라고 함은 바로 추화연으로부터 도움을 받아 그녀의 힘을 통해 문제를 해결하는 것이다.

도안을 다시 원래 세계로 돌려보내든.

아니면…….

몰래 암살을 하든.

하지만 그건 애초에 다소 무리가 있다.

화연이 말했듯이, 그녀가 권능을 남발하게 되면 그 자리에서 바로 모든 것이 얽히고설키게 되는 꼴이니 말이다.

물론 민철도 그 점은 충분히 생각을 하고 있었다.

"권능 대신 마법은 어떻지?"

"마법이라……."

팔짱을 낀 채 민철을 응시하던 화연이 도리어 질문을 던진다.

"클래스를 묻는 거야?"

"그래. 어느 정도의 클래스까지 커버 가능한 건지 말해줬으면 좋겠는데."

인간으로 둔갑한 추화연은 권능뿐만이 아니라 마법도 사용 가능하다.

그녀가 마법을 사용한 적은 실제로도 몇 번 있었으니 말이다.

한쪽 입꼬리를 슬며시 올리던 추화연이 있는 그대로의 사실을 토로한다.

"10클래스."

"……!"

마법의 정수라 불리는 종족, 드래곤만이 사용할 수 있는 단계가 바로 10클래스라고 할 수 있다.

9클래스를 지니고 있는 도안도 인류 역사에 길이 남을 업적을 세웠다 평가받았는데, 10클래스라니…….

만약 추화연과 같은 존재가 레디너스 대륙에 있었다면, 마법의 역사가 뒤바뀌었을지도 모른다.

하지만 그건 어디까지나 만약의 일이다.

중요한 건 추화연이 도안을 충분히 상대할 수 있을 만큼의 마법력을 보유하고 있다는 점이다.

"혹시 나보고 도안을 제거해 달라고 말하는 건 아니겠지?"

화연의 눈빛이 날카로워진다.

동시에 그녀가 고개를 좌우로 흔들며 민철의 말을 듣기도 전에 미리 입을 연다.

"그건 불가능해. 도안이 누군가에게 암살을 당했다는 걸 적대 세력 녀석들이 깨닫게 되는 즉시 나 또한 어떻게 될지도 몰라. 저번에 안내 데스크 여성의 신분으로 너와 무리한 접촉을 했다가 녀석들의 심기를 건드린 적이 있는데, 이번에는 인간으로 둔갑했다는 걸 알게 되면 난 얄짤 없이 신 후보에서 제외된다고. 그걸 잘 알아둬."

"…알고 있어."

추화연뿐만이 아니라 그녀와 적대적인 세력을 구축하고 있는 고차원적 존재들도 목적은 단 하나다.

신이 되고 싶다는 열망.

그것 때문에 민철이 이곳에 소환되었고, 도안 역시 마찬가지다.

추화연의 세력은 민철을 통해서 고차원적 존재들이 인간계를 잘 통치하고 있다는 걸 신에게 어필하면서 자신들이 신이 될 능력이 충분하다는 걸 증명하고 싶어 한다.

그렇게 되면 차기 신의 자리는 추화연이 차지할 수 있을 것이다.

그런데 괜한 잡음이 끼게 되면 이 계획이 물거품이 될지도 모른다.

가급적이면 적대적인 세력을 구축하고 있는 고차원적 존재들의 눈에 괜히 거슬리는 행동 같은 건 자제하고 싶은 게 화연의 솔직한 심정이다.

하나 그렇다고 민철의 목숨이 위태로운 걸 그대로 보고만 있을 순 없다.

결국 화연도 어떻게든 민철을 도와줘야 하는 입장이다.

도안의 신변에 위해를 가하지 않고 해결할 수 있는 방법을 강구해야 한다.

"10클래스… 그 정도면 도안은 충분히 상대할 수 있겠군."

"상대? 아까 내 말 못 들었어? 난 그 녀석을 건드릴 수 없다니까."

화연이 살짝 정색을 하며 태클을 건다.

그러자 진정하라는 식으로 손을 내저은 민철이 다시금 말을 이어간다.

"너보고 도안을 제거하라고 말할 생각은 없어. 그저 우리 쪽에 도안의 마법을 '억제' 할 수 있는 힘이 있는지 없는지 확인해 보고 싶었을 뿐이니까."

"억제… 라고?"

"지금까지 내가 도안을 두려워했던 점은 바로 마법 클래스 차이다. 난 고작해야 6~7클래스 수준 언저리에 있어. 하지만 도안은 명실공히 인간 최고라 불리는 9클래스 마스터지. 녀석이 마음만 먹는다면 협상을 하려는 틈도 안 주고 나 하나쯤은 금방 제거할 수 있을 거다."

"아무래도… 그렇겠지."

"그래서 하다못해 녀석이 마법을 함부로 사용하지 못하게끔 우리 측에서도 강력한 힘이 있다는 걸 증명해 보일 필요가 있어. 그게 바로 네가 지니고 있는 10클래스 마력이 될 거다."

"흠… 그렇단 말이지……."

"도안과 싸우라는 게 아니다. 단지 도안에게… 레이너 슈발츠에게 '10클래스 마력을 보유하고 있는 존재가 내 편이다' 라는 것을 어필해 주기만 하면 돼."

"그거야 어렵진 않겠다만… 그것보다도 대체 어떻게 하려는 거야?"

도통 민철의 생각을 꿰뚫을 수 없다는 듯이 질문하는 화연.

그녀를 향해 민철이 최대한 간결하게 자신의 의도를 설명해 준다.

"내 결백을 주장할 거다."

*　　　*　　　*

토요일 오전.

본래대로라면 출근할 예정이 없던 도안이었으나, 어제저녁에 갑자기 걸려온 민철의 전화에 의해 어쩔 수 없이 출근을 서두르게 되었다.

내용인즉슨.

갑자기 처리할 업무가 있으니 사무실로 출근 좀 해달라는 거였다.

어차피 딱히 주말에 하는 것도 없는지라 알았다는 대답을 들려줬다.

그게 바로 오늘, 주말 출근이라는 결과물로 이어지게 된 것이다.

그렇게까지 급한 일이 있었나.

아무리 생각해도 마땅한 게 떠오르지 않았던 도안이지만, 그래도 어찌하랴.

민철은 자신에게 있어서 특별한 사람이다.

안정적인 직장까지 구해줬고, 누구보다도 이 세계에서 외톨이가 된 도안을 구제해 줬다.

도안에게 있어선 그야말로 구세주이기도 하다.

먼저 출근을 한 뒤 자리를 잡은 도안의 귓가에 사무실의 문이 열리는 소리가 들려온다.

도안에게 출근을 지시했던 민철이 뒤이어 사무실에 모습을 드러낸다.

"오셨습니까, 이 부장님."

도안이 먼저 민철에게 인사를 건네는 도안.

민철 또한 그의 인사를 받아준다.

"일찍 왔군요."

"네. 그것보다도 무슨 일이신가요?"

아직 업무 내용에 대해 듣지 못했기에 선뜻 민철에게 다가가 시킬 일이 무엇인지 묻는다.

"다른 게 아니고……."

잠시 말을 끊은 민철이 도안을 응시한다.

도대체 무슨 일일까.

의구심을 표명하는 동안에 민철이 무거운 입을 열기 시작한다.

"도안 씨에게… 아니, 레이너 슈발츠. 당신에게 들려줄 말이 있어서입니다."

"……!!"

순간 도안의 표정이 굳어진다.

레이너 슈발츠.

도안이 지니고 있는 전생의 이름이다.

동시에 그의 사고를 정지시키는 말이 귓가에 틀어박힌다.

"제가… 레이폰 더 데스사이드입니다."

제7장

공방(攻防)II

"…예?"

도안의 동공이 크게 확장된다.

믿을 수 없다는 듯한 감정을 담는 그의 표정.

사고뿐만이 아니라 행동 역시 그대로 정지한다.

마치 혼자서 시간이 멈춘 것처럼.

"제가 레이폰 더 데스사이드입니다."

방금 했던 말을 재차 들려주기 시작한다.

레이폰 더 데스사이드는 도안이 증오하는 인물의 이름이
다.

그런데 그자의 정체가 민철이라니?

"…질 나쁜 농담이군요, 이 부장님. 전 개인적으로 그런 농담은 별로 좋아하지 않습니다."

말은 그렇게 하고 있으나, 이미 도안의 눈에는 어느 정도 살기가 어리고 있었다.

이민철이란 남자는 이상하리만치 마법에 대한 지식을 많이 보유하고 있다.

심지어 그 마법에 관한 지식이 대다수 레디너스 대륙에 존재하는 마법 체계와도 상당히 흡사한 면을 나타내곤 했다.

물론 중간에 수민의 도움을 받아 마법에 관한 설정을 달리 잡은 점도 있지만……

마법에 통달한 도안의 눈을 속일 수는 없었다.

그래서 종종 의구심이 들긴 했지만, 그렇다고 민철을 의심하고 싶진 않았다.

민철은 어디까지나 외톨이가 된 자신을 도와준 은인이기도 하다.

직장과 먹고살 장소를 제공해 줬다.

그런데 그 은인이… 어떻게 하루아침에 자신의 원수가 된단 말인가.

"농담이 아닙니다."

민철의 표정에서 진실을 읽은 도안이 급속도로 양손에 마나 덩어리를 모으기 시작한다.

우우우우웅!!

넓은 사무실에 냉기가 감돈다.

얼음과 불의 기운이 각각 도안의 양손에 맺히지만, 민철은 눈 하나 꿈쩍하지 않는다.

오히려 가만히 선 채 도안을 응시하고 있을 뿐이었다.

"이 부장님이… 아니, 당신이 진짜로 레이폰이 맞다면……."

도안의 눈에 강한 이채가 어린다.

"…죽일 수밖에 없다."

결코 크진 않지만 강한 어조가 담긴 말투였다.

하나 민철은 여전히 침묵을 지킨 채 그의 말을 그저 듣기만 할 뿐이었다.

"다시 한 번 묻겠다. 당신이 정말 레이폰 더 데스사이드가 맞는가?"

"맞다고 한다면?"

"아까도 말했지만… 죽어줘야겠다!!"

엄청난 냉기가 모여 거대한 얼음 창을 만들어낸다.

9클래스 마법으로 생성한 거대 아이스 스피어가 금방이라도 민철의 심장을 관통하려는 듯이 공중을 부유한다.

후웅!!

일말의 지체 없이 아이스 스피어가 민철을 정확하게 노리며 날아든다.

민철이 지니고 있는 마력으론 도안의 마법을 막아낼 수 없다.

그렇게 생각하고 있던 도안이었으나…….

째쟁!!

"……?!"

투명한 벽에 가로막힌 얼음 창이 그대로 산산조각이 되어 흩어진다.

순간적으로 놀란 도안이 빠르게 주변을 살펴본다.

'조력자가 있나?!'

민철이 마법을 사용했다고 보기는 힘들다.

애초에 그는 방금 전 도안의 공격을 막아내기 위한 별도의 모션조차 취하지 않았으며, 설사 민철이 마법을 발휘했다 하더라도 저렇게 손쉽게 아이스 스피어를 막아낼 순 없을 것이다.

도안도 민철의 클래스가 자신보다 최소 두 단계 아래에 있다는 건 잘 알고 있다.

'설마 이 세계에 와서 9클래스를 마스터하기라도 한 건가? …아니, 그건 불가능한 일이야.'

도안이 기억하고 있는 바로, 민철과 도안이 이 세계로 넘어온 시기 차이가 그리 많이 나지는 않는다.

고작해야 1, 2년 정도 차이일 뿐인데, 그 사이에 9클래스를 마스터했다고 보기는 힘들다.

게다가 이 세계는 레디너스 대륙처럼 마나가 풍부하지도, 그리고 마법학이 발전하지도 않은 곳이다.

그런데 어떻게 민철이 9클래스에 도달할 수 있다는 건가.

이성적으로 분석해 봐도 도통 답이 떠오르지 않는 상황에서, 민철이 쓴웃음을 지어 보인다.

"믿기지 않겠지. 하지만 직접 보았다시피, 자네의 마법은 나에게 통하지 않을 걸세."

"웃기지 마!!"

빠르게 다음 후속타를 위해 마나를 모으는 도안.

마법의 속성 문제일 수도 있다.

'빙결 속성이 통하지 않는다면… 화염 계열이다!'

반대쪽 손에 뭉쳐 있던 마나 덩어리를 빠르게 순환시킨다.

이번에는 얼음 창 대신에 거대한 불덩이가 도안의 왼손에 맺히기 시작한다.

"헬 파이어!!"

모든 것을 집어삼키려는 듯이 매섭게 날아드는 불덩이.

만약 민철이 저걸 정통으로 맞는다면, 뼛조각 하나까지 죄다 가루가 되어버릴 것이다.

민철뿐이랴. 그가 서 있는 이 사무실을 비롯해 청진그룹 빌딩 자체가 연소될 가능성도 크다.

그만큼 화염계 공격 마법 중에서 최상급 위력을 자랑하는 마법이다.

하나 문제는 그다음에 벌어졌다.

민철의 존재 자체를 소멸하기 위해 다가오는 화염 구체가 갑자기 멈추는 게 아닌가.

그것도 민철의 바로 코앞에서 말이다.

"……?!"

도안의 표정이 또다시 놀라움을 품는다.

초근접거리를 유지하고 있음에도 불구하고 온기조차 느껴지지 않는 모양인지 민철의 얼굴에는 여전히 별다른 감정 변화를 보여주고 있지 않았다.

그러기를 얼마 지나지 않아, 그가 천천히 오른손을 들어 올린다.

이윽고 불구덩이를 향해 손을 뻗는데…….

"사라져라."

푸쉬이이!!

풍선에서 바람이 새어 나오는 듯한 그런 김빠지는 소리와 함께 순식간에 불덩이가 그대로 자취를 감춰 버린다!

놀라 말을 잇지 못하는 도안이 재차 다시 공격을 시도하려 하지만, 민철의 말이 그의 행동을 정지시킨다.

"쓸데없이 마나만 낭비하는 꼴이 될 텐데."

"네 녀석이 어떻게……!"

9클래스 마법을 소멸시켰다.

어떻게 이런 일이 벌어졌단 말인가.

도무지 이해할 수 없는 이상 현상에 도안의 머리가 마비될 지경이었다.

자신이 알고 있는 한, 민철은 레디너스 대륙에서 살아생전에도 6클래스를 마스터한 게 고작이었다.

마법이라는 학문에 소질이 전혀 없는 편은 아니었지만, 그렇다고 도안처럼 천부적인 재능을 보유하고 있던 것도 아니다.

그리고 도안이 민철과 접촉했을 당시에도 그의 클래스는 민철의 전생과 마찬가지로 고작해야 6클래스에 머물고 있었다.

그런데 어떻게 자신의 9클래스 마법을 한꺼번에 무효화시킬 수 있단 말인가.

"무슨 꼼수를 쓴 거지?"

도안이 살기를 담아 민철에게 대답을 촉구한다.

하나 민철은 순순히 자신의 비기를 알려줄 그런 어리석은 남자가 아니다.

"우선 말로 해결을 보는 게 어떻겠나? 이대로 무의미한 싸움을 계속하겠다면 말리진 않겠지만… 이곳 사무실도 생각을 해줘야지."

"……."

이미 엉망이 되어버린 지 오래였지만, 그래도 피해를 건물 전체까지 번지게 하고 싶진 않다.

도안이란 남자는 타인에게 폐를 끼치면서까지 자신의 사적인 복수심을 이루고자 하는 남자가 아니다.

게다가 이 청진그룹 빌딩에는 도안과 마찬가지로 주말에 출근을 한 몇몇 샐러리맨이 있다.

만약에 여기서 민철과 본격적으로 마법 대결을 펼쳤다간… 그들의 목숨을 장담할 수 없을지도 모른다.

"…젠장……."

욕지거리를 내뱉으며 기껏 모았던 마나의 덩어리들을 다시 분산시킨다.

공격할 의사가 없음을 알아차린 민철이 그나마 무사한 축에 속하는 회의실을 가리킨다.

"조용히 이야기 좀 할까."

"……."

어찌 된 영문인지 모르지만, 어차피 민철에게 자신의 마법은 통하지 않는다.

몰래 기습 공격을 감행할까 하는 생각도 들지만, 9클래스 마법을 거의 아무런 수고를 들이지 않고 무효화시킬 정도라면, 기습 공격이 통할 리가 만무할 것이다.

'그래, 일단 말이라도 들어보자. 여차하면 빈틈을 노릴 수도 있을 테니까.'

겉으로는 민철의 말에 곧이곧대로 따르는 척하지만, 속으로는 여전히 칼을 가는 도안이었다.

*   *   *

한편.

민철이 사무실 안에서 도안과 마주해 9클래스 마법을 정면으로 응수하는 동안, 숨은 공로자가 따로 있었다.

"…심장 떨리게 하는 재주가 있구만, 저 레이폰이란 녀석은……."

옥상에서 민철과 도안 사이에 벌어졌던 모든 일을 모니터링하던 추화연이 혀를 짧게 찬다.

사실 도안이 예상하고 있는 그대로 민철은 그의 마법을 전부 막아낼 수 없다.

아이스 스피어와 헬 파이어. 두 마법을 막아낸 것은 우연의 일치가 아니다.

그렇다고 민철의 마법 실력이 급속도로 성장해 9클래스를 뛰어넘은 것도 아니다.

그저 이 모든 능력은 추화연이 있기에 가능했다.

10클래스 마법을 사용할 수 있는 그녀가 몰래 잠복을 해 민철을 도와줬던 것이다.

마치 민철이 도안의 마법을 무력화시키는 것처럼 그의 언행에 맞춰 마법을 발동시켰다.

"아무리 고차원적 존재라 하더라도… 이런 말도 안 되는 연기는 쉽게 소화할 수 없다고."

민철에게 짧은 불만을 토로해 보지만, 그래도 결과가 좋으면 그만 아니겠는가.

민철에 그녀에게 도움을 제시한 내용은 실로 매우 간단했다.

그녀의 정체를 들키지 않고서, 민철이 도안의 마법을 막아낼 수 있다는 것을 증명하게끔 도와달라.

즉, 민철이 10클래스 마법을 사용할 수 있다는 식으로 도안이 인식하게끔 만들어달라는 뜻이었다.

왜 굳이 이런 수고스러움을 자처해야 하는지 화연으로선

이해가 안 간다.

하나 이번만큼은 민철의 말에 전적으로 따르기로 한 탓에 별다른 불만을 제기하진 않았다.

어차피 화연의 머릿속에는 레이너 슈발츠 사건을 평화롭게 해결할 만한 아이디어는 없다.

그렇다면 민철에게 맡기는 편이 좋지 아니한가.

지금쯤이면 아마 도안과 목숨을 건 협상을 시도하고 있을 것이다.

"잘해보라고, 이 부장님."

죽느냐 사느냐.

갈림길의 선택 여부는 이제 민철의 세 치 혀에 달린 셈이다.

*   *   *

"……."

도안의 눈빛이 여전히 날카롭게 민철을 응수한다.

아직도 어떻게 그가 자신의 마법을 막아낸 것인지 납득을 할 수 없었기 때문이다.

그가 레이폰 더 데스사이드라면 어떻게 해서든 녀석의 모습을 빼앗아야 한다.

그러기 위해 도안은 이 세계에서 악착같이 생활해 왔다.

오로지 복수를 위해서!

그런데 그 복수 대상이 바로 눈앞에 있다.

그것도 자신에게 호의를 베풀었던 은인, 이민철이 스스로 레이폰임을 밝혀왔다.

아마 그도 스스로 자신의 정체를 밝히는 순간, 도안에게 죽임을 당할 것이라 예상했을 것이다.

하지만 상황은 반전에 반전을 낳고 말았다.

도안의 마법이 통하지 않게 되었다!

아니, 오히려 민철의 마력이 도안을 웃돌고 있다.

'어떻게 해야 녀석을 죽일 수 있을지……'

머릿속에는 온통 그런 생각만이 가득했다.

레이폰을… 아니, 이민철을 죽인다!

매서운 살기가 회의실을 가득 메울 무렵, 민철이 쓴웃음을 내지으며 회의실에 들어온 이후 처음으로 입을 연다.

"그저 착한 녀석이라고만 알고 있었는데… 그 정도로 매서운 살기를 내뿜을 줄도 아는군."

"닥쳐라!! 전생에서 나를 죽이고, 내 동기들을 그 혀로 속이게 만든 네 녀석 따위가 나를 평가할 자격이 있다고 생각하는가!!"

쾌앙!

책상을 내려치며 위협을 가하는 도안.

여전히 그의 태도는 완고하다.

이렇게나 감정적으로 나오는데, 말이 통할지 모르겠다.

그러나 어떻게든 해내야 한다.

도안에게 모든 진실을 밝히고, 자신의 결백을 주장해 그의
마음을 돌린다.

그것이 바로…….

이 위기를 극복할 수 있는 유일한 탈출구니까.

*　　　*　　　*

도안의 입장에서 이유를 전혀 알 순 없지만, 민철을 마법으
로 없애는 건 불가능해졌다.

어떻게 그가 자신의 마법을 막을 수 있는지에 대해선 도통
알 수 있는 방법이 없다.

하지만 한 가지 확실한 건…….

'분명 뭔가 또 꼼수를 부렸을 가능성이 크다!'

자신이 알고 있는 레이폰 더 데스사이드라면, 순수하게 실
력으로 격파하는 것보다 뭔가 꼼수의 구상해 위기를 극복해
내는 남자라고 할 수 있다.

물론 레이폰과 그다지 친한 사이는 아니지만, 그에 관한

일화들은 레디너스 대륙에서 상당히 유명한 일이니 말이다.

하지만 도대체 어떤 꼼수를 부려야 자신의 9클래스 마법을 무효화시킬 수 있을까.

그 방법을 도무지 모르겠다.

아무리 머리를 굴려도 도안의 상식으로는 도저히 민철의 꼼수를 파악할 수 없을 것이다.

민철은 그저 아무렇지도 않게 연기를 하면 된다.

침착하게.

마치 자신이 특별한 수를 강구하지 않은 것처럼.

"차나 한잔할 텐가?"

"…필요 없다."

"그렇다면 어쩔 수 없지."

일부러 자리에서 일어나 천천히 커피를 타기 시작하는 민철.

상대방을 닦달하기 위함이 아니다.

달아오른 이 분위기를 가라앉히려는 목적이 강하다.

무엇보다도 지금 도안은 머릿속이 마치 들끓는 용암과도 같은 상황이다.

여기서 민철이 주구장창 말을 꺼내봤자 아무런 대화도 통하지 않을 것이다.

도안의 머리를 식히기 위해 천천히 일부러 시간을 끈다.

어차피 도안의 마법은 통하지 않는다.

사실 민철도 반신반의했지만, 옥상에서 몰래 대기하고 있는 화연이 이번만큼은 일을 제대로 해준 모양인가 보다.

여하튼 민철에게는 절대적인 방패가 생긴 셈이니, 안심하고 도안과 마주 대화를 나눌 만큼의 여유를 가져도 된다.

의도적으로 천천히 행동을 하며 커피 한 잔을 테이블 위에 내려놓은 민철이 도안을 바라본다.

"그럼 슬슬 본론으로 들어가 볼까."

"…무슨 이야기를 하려고 그러는 거지? 죽기 직전에 핑계라도 댈 생각인가?"

"여전히 내 목을 노리고 있군. 좀 더 평화로운 사고방식을 가지면 안 되겠나? 사랑과 평화라는 좋은 단어도 있는데 말이지."

"네 녀석이 내 동기들을 협박하지 않았다면, 평화로운 대화를 나누는 건 가능했겠지. 안 그런가?"

"……."

역시 민철이 예상한 그대로다.

도안은 민철이 자신의 동기들을 협박해 레이너 슈발츠를 암살하게 만들었다고 철썩같이 믿고 있다.

설령 그게 거짓이라도 말이다.

하긴, 그건 민철도 어느 정도 납득이 된다.

절친한 친구와 그다지 친분이 없는 사람, 두 부류의 인간을 두고 누구를 믿느냐고 묻는다면 자연스럽게 전자 쪽으로 의견이 기울 것이다.

만약 민철에게 그런 선택지가 온다면, 그도 마찬가지로 전자를 선택할 것이다.

그래서 도안의 분노는 지극히 당연하다고 생각한다.

"일단 네 동기들이 어떤 말을 했는지 알 수 있을까?"

"모르는 척하지 마라! 네놈의 악행을 네 스스로가 잘 알 터인데!"

"······."

민철의 표정이 진지함을 머금는다.

물론 목숨이 오가는 상황에서 진지하지 않을 사람이 어디 있겠냐 싶지만, 평소의 민철보다도 더더욱 신중한 접근을 펼친다.

"분명하게 말하지만, 난 네이볼트 클레릭에게 아무런 압력도 가한 적이 없다. 협박이라고 하지만, 그건 네이볼트의 거짓말이라고 단언할 수 있지."

"아직도 네 죄를 인정하지 않은 건가!!"

도안이 빠르게 자신의 오른손을 꺼내 든다.

응집해 있는 마나 덩어리를 발사해 민철의 머리를 날려 보려는 속셈이었다.

하나 그건 그저 미수에 그치고 만다.

"……!"

사무실에서 발생했던 현상과 마찬가지로 자신의 마법이 그대로 무효화되고 만다.

너무나도 허망하게 흩어지는 마나 덩어리들.

그러자 민철의 눈이 가늘어진다.

"지금 이 회의실 내부에는 강력한 결계가 쳐져 있네. 설령 9클래스인 자네가 마법을 발동한다 하더라도 이 결계 안에 들어와 있는 한, 마법은 발동할 수 없을 거야."

"아직도 나에게 사기를 치려고 하는군, 레이폰!!"

재차 마나를 모으려 하지만, 민철의 말대로 쉽사리 마나가 움직이지 않는다.

도안의 표정이 점점 굳어져 가는 와중에, 민철이 말을 이어 간다.

"내 말을 못 믿는군."

"이 녀석……!"

지금 당장에라도 자리를 박차고 일어설 기세를 뿜내는 도안이었으나, 민철은 여전히 자리에 앉은 채 무거운 협박을 들려준다.

"육탄전으로 날 어떻게 해볼 생각이라면 관두는 게 좋을 거야. 마법이라는 요소가 간섭하지 않고 오로지 순수한 육탄전을 펼친다면, 내가 자네보다 한 수 위일 테니까 말이야."

"…큭……!"

인정하고 싶지 않지만, 그건 민철의 말이 맞다.

민철은 여러 분야를 두루 섭렵한 인물이다.

그 말은 마법뿐만이 아니라 검술까지 어느 정도 기본기는 익혀뒀다는 것을 뜻한다.

반면 오로지 마법에만 열중해 온 도안인지라 사실 검술이라든지 격투기에 대해선 거의 전무한 경험을 지니고 있다.

민철과 직접 주먹다짐을 한다면 그를 이길 자신이 없다.

"그리고 주먹을 쥐고 뒤엉켜 싸우는 건 신사답지 못한 길 아닌가. 이래 봬도 나름 높은 클래스를 지니고 있는 마법사들인데 주먹다짐이라니… 레디너스 대륙에 있는 주민들이 우릴 본다면 비웃음을 보낼 걸세."

"젠장……!"

콰앙!

다시 한 번 책상 위로 주먹을 내려친다.

복수의 대상이 바로 눈앞에 있는데, 아무런 손을 쓸 수가 없다.

그게 더더욱 약이 오른다.

하나 도안을 놀리기 위해 이 자리를 고안한 게 아니다.

어디까지나 그를 자신의 편으로 끌어들이기 위함이다.

"아까의 연장선이지만, 난 네이볼트 클레릭을 비롯해 네 동기들에게 협박한 적은 단 한 번도 없네. 그것만은 알아줬으면 하는군."

"……."

도안의 눈이 매서워진다.

마법도 안 되고, 육탄전도 안 된다.

그렇다면 남은 방법은…….

말로 하는 논쟁뿐이다.

"…네이볼트의 말에 의하면……."

뭔가 석연치 않은 기분을 받을 수밖에 없던 도안이지만, 그래도 여기서 침묵으로 일관해 봤자 아무런 진행이 되지 않음을 깨달은 모양인지 스스로 입을 열기 시작한다.

"네이볼트는… 본인을 포함해 다른 동기들의 가족들이 납치, 감금당했다고 했다. 그러고서 나에게 이렇게 말했지… 레이폰이라는 자가 나를 죽이지 않으면, 그들의 목숨을 앗아 가겠다 했다고 말이야."

"……."

"네이볼트는 나에게 울면서 사죄를 구했다. 아직도 그 얼굴이… 그 목소리가 잊어지지 않아… 자신의 손으로 절친한 친구를 죽여야 하는 그 슬픔을… 네 녀석은 아나!!"

"……."

이번에는 도리어 민철이 침묵을 유지한다.

그들 간에 벌어진 속사정은 사실 민철도 정확하게 알진 못한다.

그가 없던 현장에서 벌어진 일일뿐더러, 전혀 관여하지 않은 일이었기에 그저 소문으로만 어떻게 된 일인지 간접적으로 접한 게 고작이었다.

하나 당사자에게 직접 들으니, 느껴지는 체감 자체가 다르다.

더불어서 네이볼트 클레릭이라는 자가 얼마나 레이너 슈발츠에게 많은 질투와 시기를 가지고 있었는지 깨달을 수 있었다.

도안을 속일 정도로 완벽한 연기 실력을 보여줬다.

이 세계의 언어로 표현하자면, 사이코패스라는 단어가 어울리지 않을까.

'무서운 남자로군…….'

여하튼 레이너 슈발츠를 암살하는 것으로 네이볼트 클레릭은 그의 자리를 대신 차지하게 되었다.

9클래스의 천재 마법사가 대륙에서 자취를 감췄으니, 2인자였던 그가 당대 최고의 마법사가 된 것이다.

하나 그건 안이한 생각이었다.

만약 민철이었다면, 그런 반칙을 사용하지 않고 최고의 자리를 노렸을 것이다.

물론 말로써.

"누차 말하지만, 난 녀석들의 가족을 납치해서 협박한 적은 단 한 번도 없다."

"그럼 네놈이 무죄라는 증거가 있나?"

도안도 나름 머리가 좋은 남자다.

언쟁이라면 그도 지지 않을 자신이 있다.

도안에게 먼저 선공을 허용당한 민철이 무겁게 고개를 좌우로 흔들기 시작한다.

"…미안하지만 지금 당장은 없다."

그야 없을 수밖에.

이곳은 레디너스 대륙이 아니다.

전혀 다른 차원인데, 여기에 민철의 결백을 주장할 만한 근거가 되는 자료가 어디 있겠는가.

차원을 넘어서 다시 레디너스 대륙으로 돌아가지 않는 이상, 그의 무죄는 결코 입증되지 않을 것이다.

이래서 사실 민철은 도안에게 모든 진실을 털어놓으며 자신의 결백을 주장하려는 계획을 가급적이면 사용하고 싶지 않았다.

하지만 문제는 이 방법 말고는 마땅한 해결책이 없다는 것이다.

"또 나에게 거짓말을 하는군, 레이폰!!"

"…물론 네가 들으면 거짓말이라고 생각할지 모른다. 애초에 넌 내 말을 귀담아들으려 하지도 않았으니까."

승산이 없는 싸움이다.

아마 옥상에서 대기 중인 화연도 속으로 민철의 어리석음에 엄청난 욕설을 날리고 있을지도 모른다.

지금 화연은 이 회의실 내부를 전부 모니터링하고 있다.

그렇기에 상황이 어떻게 돌아가는지도 잘 알고 있을 것이다.

하지만 불리한 상황이라 하더라도 어떻게든 극복해야 한다.

극복해 내지 못하면…….

말 그대로 죽음뿐이니까.

"그럼 반대로 말을 하마."

민철이 도안을 향해 시선을 고정시킨다.

"네이볼트 클레릭이 너에게 진실을 고했다는 증거가 있는가?"

"뭣……?!"

"이렇게 생각해 볼 수도 있겠지. 평소 너에게 질투와 시기를 느끼던 네이볼트 클레릭이 일부러 연기를 하는 거다. 너를 암살할 수밖에 없다는 명분을 갖추기 위해서 가족들을 직접 자신의 손으로 납치하고, 그리고 마지막에 내 이름을 판 거지. 이에 대해선 어떻게 생각하나?"

"있을 수 없는 일이다! 네이볼트는… 나의 가장 친한 친구다! 그 녀석이 그럴 리가 없어!!"

"자네는 끝까지 열등생의 마음을 이해하지 못하는 순진무구한 우등생밖에 안 되는군."

"뭐라고……?"

순간 꿀 먹은 벙어리마냥 도안의 입이 굳게 닫힌다.

증거로 민철에게 한 방 먹이려 했지만, 마찬가지로 네이볼트의 모든 언행이 진실이라는 증거도 없다.

도안이 들 수 있는 건 오로지 친구 관계라는 신뢰밖에 없으니까.

그 감정이 증거가 될 수 없다는 건 도안도 잘 알고 있다.

역시나 마찬가지로…….

그 또한 결코 머리가 나쁜 남자가 아니니까.

"서로 증거를 운운해 봤자 이 자리에서 그다지 의미가 없다는 걸 이제 잘 알겠나?"

"……."

"우정이라는 걸 증거로 내세우는 것만큼 어리석은 것도 없다. 우정이 신뢰의 보증수표는 아니니까. 레이너 슈발츠… 너도 이 세계에 와서 몸소 체감했을 거다. 신뢰가 만능은 아니란 것을."

"……."

"어차피 네이볼트가 진실을 말한 건지, 아니면 거짓을 말한 건지 서로 주장할 만한 물질적인 근거는 없다. 그건 나도, 너도 마찬가지지. 아니면 오로지 심증만으로 하루 종일 토론 대회를 펼쳐도 나는 상관없다만."

도안의 눈빛이 더욱 날카로워진다.

심기가 불편하긴 하지만, 민철은 이로써 자신의 1차 목적을 달성하게 되었다.

증거가 없다는 불리함을 상대방에게 똑같이 적용시킨다.

진실의 행방을 영원히 비밀로 만들어 버린다.

그게 민철이 노리고 있던 것이다.

*　　*　　*

네이볼트 클레릭은 늘상 2인자였다.

레이너 슈발츠의 그림자에 가려져 세상에 자신의 이름을 드러내지 못한 비운의 천재.

하지만 그와 동시에 레이너 슈발츠는 세상이 인정한 최고의 천재 마법사다.

그의 시기와 질투로 인해 도안은 네이볼트 클레릭의 손에 암살당했다.

민철은 자신의 결백을 주장한다.

도안도 네이볼트 클레릭의 진실을 주장한다.

하나 두 사람 다…….

어느 쪽도 증거를 들이밀 수가 없다.

"결국 물질적인 증거도 없는데? 서로의 주장에 근거가 전혀 없는 셈이군."

민철의 한쪽 입꼬리가 슬쩍 올라간다.

분명 그의 말이 맞다.

하지만 그렇다고 도안이 민철에게 존재하지도 않는 호감을 품을 일은 결코 없을 것이다.

도안도 스스로 그런 생각을 하고 있었다.

그러나 그건 어디까지나 도안의 이유 없는 자신감에 불과하다.

"나를 죽인다고 한들… 너에게 무슨 보상이 주어지나?"

민철의 말에 도안의 눈동자가 크게 흔들리기 시작한다.

확실히 그의 말대로다.

이제 와서 민철을 죽여봤자 도안이 얻는 거라곤 그저 복수심을 달성했다는 자기만족에 불과하다.

"나와 거래를 하지, 레이너 슈발츠."

"…또 그 잘난 혀를 놀릴 셈인가?"

"너도 잘 알다시피, 나는 한번 약속한 거는 지키는 남자다. 지금 이 세계는 전쟁이라든지 사람의 목숨이 하찮게 여겨지는 그런 세상이 아니지. 체계적인 법 시스템과 더불어 평화의 시간을 보내고 있다. 게다가 여기는 네가 모르는 지식이 다수 존재하는 세계지. 네가 모르는 지식과 정보가 존재하는 곳이다. 환생을 통해 전생에 네가 달성하지 못했던 것을 달성할 수 있는 시간적 여유와 기회가 주어진 거다. 알고 있나?"

9클래스 마스터를 한 도안의 욕심은 단 하나다.

살아생전 이루지 못했던 단계까지 오르고 싶다.

이름 하야…….

10클래스 마스터.

인간의 단계를 뛰어넘은 그 수준까지 도달하고 싶은 게 도안의 욕심이다.

하나 젊은 나이에 절명한 탓에 10클래스 마스터에 도전조차 할 수 없게 되었다.

레이폰을 향한 복수심에는 그와 연관된 증오도 어느 정도 포함이 되어 있다.

"이 세계의 시간은 많고 많다. 더불어 너를 방해할 사람도 없지."

"…네가 다시금 나에게 칼을 세울 수도 있다고 보는데."

도안이 여전히 민철을 향해 경계 모드를 취한다.

그러나 민철은 그 말에 대해서 강한 부정을 남긴다.

"내가 무슨 이유로 네가 10클래스를 달성하는 걸 방해한다는 거지?"

"……."

"그리고 상식적으로 생각해 봐도 난 너를 암살할 만한 이유가 없었다. 왜 내가 네 목숨을 노려야 하지? 나와 적대적인 관계였나? 아니면 네가 나에게 반기를 들려고 했나?"

"……."

"내가 너를 노릴 이유는 단 하나도 없었다. 그런데 군이 네이볼트를 이용해 암살을 시도할 만한 가치가 있는지 없는지도 잘 생각해 봐라."

레이너 슈발츠는 국가간의 정세라든지 권력, 부와 명예 등에는 전혀 관심이 없었다.

오로지 마법 하나에만 몰두하던 전형적인 모범생이다.

그런 그가 타인에게 미움을 살 일이 과연 무엇이 있을까?

특히나 레이폰에게 말이다.

아무리 생각해도 그 이유를 찾아낼 수가 없다.

네이볼트에게 레이폰이 자신을 죽이라고 했다는 말을 들

었을 때에는, 친구에게 죽임을 당했다는 충격에 정상적인 판단을 하지 못했다.

그다음 이어진 게 바로 환생이다.

감정적인 판단이 지금까지 이어지게 된 거지만, 돌이켜 보면 민철이 그를 죽여야 할 이유는 아무리 생각해 봐도 없다.

10클래스를 달성하고 싶다.

오로지 그 욕심으로 가득했던 레이너 슈발츠 아닌가.

"설마… 정말로 네이볼트가……."

자신의 믿음이 흔들리기 시작한다.

네이볼트에게는 레이너 슈발츠를 제거할 이유가 명확하게 존재한다.

네이볼트는 귀족 출신 자제로서, 자존심이 상당히 강한 편이다.

처음 네이볼트와 친구가 되기 전까지는 사실 그와 사소한 다툼도 많이 있었다.

나이를 조금씩 먹으면서 10클래스라는 공통적인 목표를 두고 의기투합을 해 사이좋게 연구에 몰두하는 사이로 발전했다고 생각했었다.

하지만 그것이…….

레이너 슈발츠의 순진무구한 오해에서 비롯된 착각일지도 모른다는 가능성도 있다.

"네이볼트⋯⋯."

자존심이 높은 그가 도안에게 오랫동안 질투심을 품고 있었다면, 레이폰의 이름을 팔면서까지 레이너 슈발츠를 암살할 만도 하다.

머릿속이 패닉 상태가 되어버리는 도안.

그 틈을 타 민철이 빠르게 말을 이어간다.

"어차피 과거는 과거일 뿐이고, 현재는 현재다. 복수심보다는 미래를 생각하는 편이 더 좋지 않겠나."

"⋯⋯."

"나라면 네 연구에 도움을 줄 수 있다. 인류 역사상 누구도 달성하지 못했던 10클래스를 달성하게끔 내가 도움을 주지."

"당신이 무슨 수로 도움을 준다는 거지?"

못 믿겠다는 시선으로 민철을 바라보지만, 이 답변을 위해 지금껏 알게 모르게 화연으로부터 도움을 받은 것이다.

"내가 무슨 수로 네 마법을 막았다고 생각하나?"

"⋯설마⋯⋯!!"

도안의 표정이 시시각각 변하기 시작한다.

9클래스 마법을 막을 수 있는 방법은 매우 간단하다.

10클래스 마법을 사용하면 된다.

하지만 민철에게는 딱히 큰 마력의 움직임을 감지할 수 없었다.

과정은 의심스럽지만, 결과적으로 봤을 땐 도안의 마법을 압도했다.

이건 꼼수로도 어쩔 수 없다.

"내가 나의 동맹 제안을 받아들인다면, 그 비밀이 무엇인지 알려줄 의향이 있다."

"……."

마법사로서의 호기심을 자극하는 민철의 말.

상대방을 자신의 편으로 끌어들이기 위해선 보기 좋은 먹잇감을 던져 주면 된다.

자신의 편에 붙으면 분명 무언가 이득을 볼 수 있다.

이 점을 확실하게 어필해 주면, 굳게 닫힌 철문이 조금씩 열릴 것이다.

특히나 학구열이 높은 도안이라면 분명 10클래스라는 단어에 흔들리는 모습을 보일 거라 생각했다.

민철의 예상은 정확하게 맞아떨어지고 있었다.

네이볼트가 배신했을지도 모른다는 의심을 심어주면서 동시에 10클래스라는 새로운 목표를 던져 준다.

도안이 이 먹잇감을 물지 않을 리가 없을 것이다.

"하지만 레이폰, 당신 같은 자와 동맹은……."

"누차 말하지만, 난 악인이 아니다. 하지만 그렇다고 선인도 아니지. 내가 악인이 될지, 선인이 될지는 네가 하기 나름이다."

"……"

"참고로 말하지만, 이 세계에 있는 이민철이란 사람은 악인보다 선인에 가깝다. 지금까지 보아온 내 모습을 떠올린다면 잘 알 수 있을 거라 생각하는데."

확실히 지금까지 민철을 보아온 도안으로서, 그가 딱히 악행을 저질렀다고 보기에는 힘들었다.

물론 자신의 앞에서만 선행을 일삼는 척 연기를 했을 가능성도 있다.

하지만 계기나 원인이 어찌 되었든 간에 중요한 건 현재 행동으로 보이는 결과다.

악행이 아닌 선행을 위주로 살아간다면, 설령 속이 악인이라 하더라도 상관은 없다.

악행을 행동으로 저지르지만 않으면 그만이니까.

속으로 엄청난 고민을 일삼던 도안이 무겁게 고개를 끄덕인다.

"…좋다. 네 말에 따르도록 하지. 어차피 네가 말했던 그대로 여기서 널 죽여봤자 난 그저 자기만족밖에 얻지 못한다. 하물며… 이미 당신을 따르고 있는 사람들에게 슬픔을 안겨줄 순 없는 일이니까."

체린을 비롯해 태희, 조 실장 등등.

이미 민철을 믿고 의지하는 사람들이 한두 명이 아니다.

도안도 같은 사무실에서 일을 하고 있기에 누구보다도 민철의 인간관계를 잘 알고 있다.

고작해야 자기만족을 달성하기 위해 이 자리에서 민철을 죽여봤자, 결국 해피 엔딩으로 향하진 않을 것이다.

복수는 또 다른 복수를 낳고, 슬픔은 또 다른 슬픔을 낳을 뿐이다.

도안은 그 점을 누구보다도 잘 알고 있었다.

"어려운 결정을 했군. 그 용기에 찬사를 보내도록 하지."

"단, 조건이 있다."

도안의 눈빛이 다시 한 번 매섭게 빛난다.

가만히 넘어가지 않을 거라고 생각은 했지만, 조건을 걸어올 줄이야.

"뭐지?"

"레디너스 대륙에 있을 때와 마찬가지로 배신과 거짓말을 일삼는다면… 고민 없이 당신의 목을 노릴 거다. 그걸 명심하도록."

도안이 바라는 건 이 세계의 파멸이 아니다.

자신의 복수심을 억누르면, 모든 것이 평화로워진다.

어차피 민철의 말대로 과거의 일은 과거의 일일 뿐, 현재와 미래를 위해서라도 새출발을 하는 것도 나쁘지 않다.

더욱이 네이볼트가 흑막이라는 가능성도 결코 배제할 순 없다.

확실한 증거가 없는 한, 죄 없는 이를 범죄자 취급하는 것도 도안의 성격상 맞지 않는 일이기 때문이다.

도안의 조건을 들은 민철이 천천히 고개를 끄덕여 준다.

"기억하마."

"…고맙군."

민철이 먼저 선뜻 손을 내민다.

악수를 청하는 그의 손을 내려다보던 도안이 마지못해 악수를 받아들인다.

방금 전까지만 하더라도 민철을 죽이겠다고 난동을 부리던 도안이었으나…….

결국 그의 동맹을 받아들이게 되었다.

* * *

잠시 혼자만의 시간을 가지겠다고 하면서 사무실에 홀로 남은 도안을 뒤로하고 복도로 나서는 민철.

그를 기다렸다는 듯이 곧장 모습을 드러낸 화연이 작게 혀를 내민다.

"하여튼 정말 대단하셔. 죽을지도 모르는데 그런 상황에서 눈 하나 꿈쩍하지 않다니. 보통 담력으로는 해내지 못할 일을 아무렇지도 않게 하는구나."

"…당연하지."

여전히 민철의 표정은 크나큰 감정 변화가 느껴지지 않는다.

넥타이를 다시 정돈하려는 듯이 가볍게 손을 보던 민철이 무뚝뚝한 목소리로 말을 이어간다.

"목숨이 걸려 있는 일이라면, 제아무리 어려운 일이라도 해낼 수 있는 게 인간 아닌가."

"오호… 좋은 정보군."

"알아봤자 쓸모없는 정보니까 잊어라. 그것보다도 도안에게 10클래스 마법을 전수해 주겠다는 딜을 걸었다. 그에 대해서 너의 협력이 필요하다만."

"알려주는 거야 어렵지 않지. 지금 당장에라도……."

"아니, 진짜로 도안에게 마법의 비결을 전수해 달라 말한 게 아니다."

"…뭐?"

무슨 소리를 하냐는 식으로 민철을 응시하는 화연.

잠시 걸음을 멈춘 민철이 총괄기획부 사무실을 응시한다.

"도안에게 절대로 마법에 대해 알려주지 마라."

"그래도 돼?"

"녀석이 10클래스에 도달하는 순간, 다시 한 번 내 목숨을 위협할 수 있다. 지금은 그저 일시적인 휴전에 불과한 거지, 완벽하게 녀석이 나에게 협력했다고 볼 순 없어. 그러니까 넌 그저 알려주는 척만 해."

"…그러다가 발각이라도 나게 된다면?"

"어차피 10클래스는 녀석이 모르는 분야다. 대충 알려줘도 잘 모를 거야. 아니면 최대한 10클래스에 대한 힌트를 천천히 알려줘라. 30년이 걸리든, 40년이 걸리든 괜찮다."

"흐음……."

도안이 10클래스에 도달하는 순간, 민철의 모든 계획은 산산조각 난다.

최대한 그것에 유의해야 할 것이다.

"그런데 마법 전수는 내가 직접 해?"

"상관없다."

"도안은 네가 10클래스 마법을 사용한다고 알고 있을 텐데?"

"이제부터는 너와 나, 두 사람이 10클래스 마스터 반열에 오른 거다. 그렇게 알고 있으면 돼."

"정말 꾀돌이네, 당신."

"아까도 말했지만……."

민철이 얼굴을 굳히며 방금 전에 들려줬던 말을 재차 반복
한다.

"목숨이 걸려 있는 일이라면… 무엇이든 할 수밖에 없으니
까."

제8장

견제

집으로 돌아오자마자 그대로 바닥에 대(大)자 형태로 엎어지는 도안.

이제는 익숙해진 천장을 바라보며 하염없이 생각에 잠긴다.

과거의 일을 청산하고 현재와 미래를 생각한다.

민철의 말이 맞다.

복수심 하나에 눈이 멀어 다른 이들에게 피해를 줄 순 없으니 말이다.

물론 억울한 감정도 있다.

하지만 회의실에서 민철이 말했듯이, 그는 사실 도안에게 아무런 원한을 가지고 있지 않다.

상식적으로 생각해도 말이다.

어느 특정 세력에 가담한 적이 없고, 그저 마법사의 탑에서 연구에만 몰두하던 남자가 바로 레이너 슈발츠다.

그를 암살함으로써 레이폰이 얻는 이득이 무엇일까?

단적으로 말해서 없다.

있는 게 더 이상하다.

레디너스 대륙에 존재하는 마법의 발전을 위해서라도 레이너 슈발츠의 존재는 가히 필수적이었다.

민철 역시 마법의 발전을 바라고 있었다.

그런 그가 레이너 슈발츠를 제거했다는 건 도무지 이해가 안 된다.

"네이볼트 클레릭……."

친구라 생각했던 자의 배신.

가급적이면 그런 쪽으로 상상을 하고 싶진 않지만, 만에 하나라는 말도 있듯이 배신의 가능성을 배제할 수는 없다.

민철의 화술에 넘어간 게 아니다.

그는 어디까지나 정당하게, 객관적인 시선에 입각한 의견을 제시했을 뿐이다.

그리고 도안은 거기에 동조한 것이다.

단지 그뿐이다.

'그래… 난 레이폰의 말재간에 넘어간 것이 아니야.'

민철과의 일시적인 휴전이 이성적으로 판단한 결과물이라고 스스로를 위로하는 도안이었다.

여하튼 결과적으로 민철을 향한 복수심은 잠시 접어두게 되었다.

남은 건 도안의 호기심을 충족시키는 일이다.

사실 그는 이 세계로 건너온 순간부터 민철을 죽이겠다는 목표 하나만을 가지고 버텨왔다.

하나 그 목표가 일시적으로 사라진 지금, 전생에 도안이 못다 이룬 꿈을 좇는 것도 나쁘진 않을 거라 생각한다.

10클래스 마스터!

그 경이로운 단계의 힌트를 민철이 쥐고 있다.

'어떻게 10클래스를 터득한 걸까…….'

천재라 불리는 도안도 도무지 밝혀내지 못한 10클래스의 비밀이 드디어 이 낯선 세계에서 밝혀지게 된다.

그 생각만으로 도안은 두근거리는 마음을 진정시킬 방법이 없었다.

그의 학자로서의 호기심은 일반인에 비해 몇 배가 높다.

그 호기심이 결국 인류 역사의 발전에 보탬이 되는 결과물로 도출된다.

설사 여기서 10클래스를 마스터한다 하더라도 이 비법을 전수해 줄 사람은 없을 것이다.

그 생각만 하면 허망하긴 하지만…….

'아니, 생각을 달리해 보자.'

자신이 마법사라는 직업을 이 세계에 유행시키면 되지 않겠는가.

이 세계의 인류 역사상 초대 마법사가 될 수 있다.

행복한 상상에 빠져든 도안이 작게 심호흡을 펼친다.

그러기 위해서라도 우선은…….

민철에게서 확실히 10클래스의 비법을 알아낼 필요가 있을 것이다.

* * *

월요일 오전.

"안녕하세요."

거의 9시 정각에 출근길을 서두르게 된 민철이 사무실 내부에 있는 직원들에게 가볍게 인사를 건넨다.

"좋은 아침이에요, 이 부장님."

"굿모닝!"

장난스럽게 인사하는 조 실장을 비롯해 사원들이 민철에

게 아침 인사를 건넨다.

한편.

"……."

침묵을 지키고 있던 도안이 마지못해 억지로 아침 인사 세
례에 동참한다.

"조, 좋은 아침입니다, 이민철 부장님."

"네, 도안 씨도요."

불과 며칠 전까지만 하더라도 자신이 죽이고자 한 상대방
이었다.

하나 두 사람의 관계를 다른 이들이 알아줄 리가 없지 않겠
는가.

민철의 정체를 알았다고는 하나, 그간 이민철 부장님이라
고 부르며 존대를 하던 도안이 갑자기 하루아침에 민철을 향
해 말을 놓을 수도 없는 노릇이다.

결국 하던 대로 해야 한다.

그 사실을 잘 알고 있기에 민철 역시 도안에게 말을 놓지
않으며 그대로 평소 보여줬던 존댓말을 사용한다.

"……?"

도안의 언행에 약간의 불편함을 느낀 모양인지 태희가 다
가와 조심스럽게 묻는다.

"도안 씨. 이 부장님이랑 뭔가 문제라도 있었나요?"

"아, 아닙니다. 신경 쓰지 않으셔도 됩니다."

말해줄 리가 없지 않겠는가.

태희가 이래저래 추궁을 해봐도 명쾌한 해답을 들려주지 않는 도안이었다.

예상치 못한 태희의 질문 공격에 적지 않게 당황하는 도안.

그를 도와주기 위해 원군이 등장한다.

"태희 씨. 그러고 보니 저랑 같이 오전에 인사팀 좀 잠깐 들렀다가 오기로 하지 않았나요?"

"아… 그랬었죠!"

화연의 말 덕분에 이제야 생각이 난 모양인지 태희가 다급하게 책상 위에 놓여 있는 다수의 서류 봉투들을 주섬주섬 챙기기 시작한다.

졸지에 화연으로부터 도움을 받게 된 도안이 안도의 한숨을 내쉰다.

그를 향해 조심스럽게 다가간 화연이 작게 속삭인다.

"최대한 티 안 나게 행동하느라 고생이 많아요, 도안 씨."

"…아닙니다."

도안도 화연과 민철이 한패라는 건 이미 알고 있다.

민철에게 들은 바에 의하면, 화연도 도안과 같이 레디너스 대륙에 있을 때 우연히 차원을 넘게 된 젊은 여성 마법사라고 알고 있다.

시대상으로는 레이폰과 레이너가 살았던 시기가 아닌, 그 전의 과거로 설정되어 있다.

더불어 추화연 역시 10클래스 마스터를 달성하게 되었다는 점도 미리 접했다.

물론 민철과 추화연, 두 남녀가 어떤 과정을 거쳐 10클래스를 달성하게 되었는지에 대해서는 끝까지 함구를 하고 있었다.

도안도 쉽사리 그 비결을 한꺼번에 알려주지 않을 거라곤 예상하고 있었다.

제아무리 휴전을 했다 하더라도 처음부터 모든 것을 다 털어놓을 만큼 관계가 회복된 건 아니니까 말이다.

머리로는 이해하지만, 동시에 속으로는 아쉬움을 감춘다.

조금이라도 빨리 10클래스를 달성하고 싶다.

그리고 민철과 동등한 힘을 얻고 싶다.

10클래스만 손에 넣는다면…….

며칠 전처럼 민철의 손 위에 놀아날 일도 없을 것이다.

'지금은 저자세로 가지만… 이것도 다 훗날을 위해서다. 조금만 참자.'

스스로를 합리화시키며 다시 일상생활에 녹아들어 가기 시작하는 도안이었다.

그렇게 민철이 오랫동안 앓고 있던 레이너 슈발츠 문제는 이것으로 일단락이 되는 듯했다.

급한 불은 껐으니, 이제 가급적이면 최대한 빠르게 자신의 원래 목표를 달성하기 위해 달려 나갈 필요가 있다.

자본주의의 정점을 차지한다.

그리고 문제없이 신과 만날 수 있는 기회를 차지한다.

그러기 위해선 다시 한 번 바쁘게 움직일 필요가 있다.

*　　　*　　　*

"기남아."

"예, 부장님."

민철의 호출에 곧장 자리에서 일어나 그에게 다가가는 서기남.

주변에 위치한 사원들에게는 가급적이면 들리지 않게끔 목소리를 작게 유지하며 말을 꺼낸다.

"저번에 내가 소개해 달라 했던 그분은……."

"안 그래도 오늘 말씀을 드리려고 했습니다. 혹시 오늘 점심에 시간 되시냐고 묻더라고요."

"점심이라……."

잠시 스케줄을 정리한 달력을 확인해 본다.

그러더니 이내 고개를 끄덕여 주고서 오케이 사인을 보

낸다.

"점심엔 딱히 약속이 없군."

"그럼 그 친구한테 말 넣어두도록 하겠습니다."

"그래. 잘 부탁하마."

"예."

서기남과 동기이면서 감사팀에 소속되어 있는 강철호 팀장.

그와 접선을 해야 한다.

민철이 생각하고 있는 이번 계획에는 감사팀이 절대적으로 필요하기 때문이다.

우선 친분을 다져 둔 뒤에, 나중에 감사팀과 공동으로 남우진의 목을 조여갈 것이다.

그러기 위해서라도 민철의 의도가 결코 바깥으로 새어 나가선 안 된다.

한편.

"……"

서기남과 몰래 밀담을 나누는 장면을 지그시 응시하고 있던 도안이 이내 다시 시선을 거둬들여서는 모니터에 고정시킨다.

도안의 입장에서도 신경이 쓰일 수밖에 없을 것이다.

저 남자가 그 유명한 레이폰 더 데스사이드였다니.

'어쩐지… 뭔가 예사롭지 않은 사람이라 생각은 했었지만…….'

민철이 또 허튼짓을 하게 된다면 도안은 다시 그를 공격할 것이라 으름장을 놓았다.

하지만 솔직히 말해서 이 세계에서 나쁜 짓을 한다고 해봤자 전쟁이나 살인 정도가 될 것이다.

하나 전쟁이 발발하기에는 평화라는 체계가 너무나도 굳건하다.

더욱이 일개 회사원인 민철이 전쟁을 일으킬 권력이나 힘도 없고 말이다.

딱히 문제를 일으킬 만한 이유도, 그리고 명분도 없다.

그렇기에 오히려 도안의 이런 감시의 눈길은 헛수고일 가능성도 크다.

그래도 자신이 말한 게 있으니 일단 하는 시늉이라도 내야 하지 않겠는가.

'정말 복잡하군.'

혼돈으로 가득 찬 머릿속을 겨우 진정시키며 다시금 업무에 집중하기 위해 키보드 위에 손을 올려놓는다.

도안이 그렇게 스스로 보이지 않는 가상의 레이폰 더 데스사이드라는 적과 싸우는 동안, 민철은 착실하게 신과의 만남을 달성하기 위한 계획에 임하고 있었다.

"……."

스마트폰을 들고 잠시 사무실 바깥을 나서는 민철.

그러면서 이내 누군가에게로 통화를 시도한다.

한동안 계속 신호음이 가더니, 머지않아 익숙한 목소리가 들려온다.

―여보세요?

"아, 여보세요. 접니다, 의원님."

―아… 민철 씨로군요.

정계 쪽에 자신의 세력을 심기 위해 친분을 유지하고 있는 인물, 이한선이 반갑게 민철의 통화를 맞이한다.

―무슨 일로 전화하셨나요?

"그냥 오랜만에 안부도 묻고자 연락드렸습니다. 어떻게… 의원님께서도 잘 지내시는지요."

―하하, 저야 뭐 너무 잘 지내서 탈이지요.

비록 강오선이 청진그룹과의 논쟁에서 제대로 패해 지금은 잠시 정권의 뒤로 물러나 있다곤 하지만, 그의 영향력은 결코 적지 않다.

지금은 강오선을 전면으로 내세울 수는 없다.

하지만 강오선을 대신해 이한선이라는 인물을 앞으로 내세우고, 뒤에서 강오선의 서포트를 받게 해준다면 그는 무난하게 신오름당에서 중요한 지위를 차지하게 될 것이다.

다른 국회의원들과는 비교적 다른 사상을 가지고 있기에 한선의 세력은 여러모로 약하다 할 수 있다.

그 약함을 강오선을 이용해 채울 의도다.

어차피 나중에 가게 되면 분명 민철은 정계의 도움을 필요로 하게 될 것이다.

본래 돈과 권력은 결코 떨어뜨릴 수 없는 관계에 놓여 있다.

민철이 보다 높은 곳을 향하기 위해서라도 정치적인 관계는 항시 유지를 해둬야 할 필요가 있다.

"나중에 따로 시간이 되신다면, 사모님하고 같이 저녁 식사 자리라도 한번 가지고 싶습니다만."

─시간이라… 그러고 보니 민철 씨가 최근에 결혼을 하셨지요.

"예, 그렇습니다."

─허허… 미안합니다. 본래 가려고는 했으나, 그때 중요한 업무가 있어서 참가하지 못했습니다.

"아닙니다. 축의금 보내주신 것만으로도 감사합니다."

만약 한선이 민철의 결혼식에 온다고 했으면, 오히려 민철이 그를 말렸을 것이다.

아직 세간에 자신과 한선의 관계를 대놓고 드러낼 수는 없기 때문이다.

─일단 한번 시간을 내보겠습니다.

"예, 그럼 연락 기다리겠습니다."

이한선과의 통화를 종료한 뒤, 가볍게 한숨을 내쉬는 민철.

내부적으로는 남우진을 견제해야 하고 외부적으로는 정계 진출의 계획을 실현에 옮겨야 한다.

도안의 문제가 일시적으로 해결되었다고는 하나, 여전히 바쁜 나날을 보내고 있는 민철이었다.

*   *   *

점심시간은 샐러리맨들에게 아주 귀한 휴식 시간이라 표현해도 무방하다.

12시부터 1시까지.

1시간 동안 반드시 점심만 먹으란 뜻은 아니다.

개별적으로 언제든지 1시간이라는 시간을 활용할 수 있으며, 이 1시간을 보다 유용하게 사용하기 위해서 민철은 오늘, 기남과 함께 강철호 팀장과의 점심 식사를 약속하게 되었다.

"철호야, 여기다."

기남이 손을 가볍게 들어 보이며 이제 막 엘리베이터에서 나오는 철호를 불러 세운다.

무수한 인파 속에서 기남과 민철이 있는 곳을 알아차린 철호가 빠르게 이들에게 다가온다.

감사팀에서 팀장이란 직책을 달고 일하는 중인 강철호.

그는 기남이 이야기했던 그대로 겉모습에서부터 뭔가 우직함이 느껴지는 다부진 체격을 보유한 남자였다.

"안녕하세요, 이민철 부장님. 강철호 팀장이라고 합니다."

"이민철입니다. 그나저나 체격이 장난 아니군요. 운동 같은 거라도 하셨나 봅니다."

"하하, 제가 사실 학창 시절 때 유도 좀 했습니다."

"유도라……."

자연스럽게 이승부가 떠오르는 민철이었다.

체린의 아버지이기도 한 그도 철호처럼 겉모습에서 위압감을 느낄 만큼 상당한 풍채를 지니고 있는 남자다.

물론 실력도 가히 일품이다.

민철이 마법을 사용하지 않았으면, 그를 쉽사리 이길 수 없을 정도였으니 말이다.

"그럼 가시죠. 식사는 어느 쪽으로 하시겠습니까. 일식? 중식? 아니면 한식?"

"제가 잘 아는 백반집이 있습니다. 그쪽으로 가시죠. 식사비는 제가 낼 테니까요."

"그렇게까지 안 하셔도……."

"괜찮습니다. 자, 그럼 갈까요."

민철이 오늘 점심 식사는 자신이 쏘겠다고 호쾌하게 장담을 하며 먼저 걸음을 옮긴다.

졸지에 공짜 점심을 얻어먹게 된 철호가 머쓱한 미소를 지으며 기남과 같이 그를 뒤따르기 시작한다.

이민철 부장에 관련된 일화는 이미 사내에 널리 퍼져 있는 상황이다.

세간에는 한경배 회장의 뒤를 이을 차기 회장이 될지도 모른다는 말도 서서히 기어 나오고 있다.

물론 이제는 전혀 가능성이 없는 이야기가 아니게 되어버렸다.

강오선 사건의 내통자가 장진석 전무란 사실이 밝혀지면서, 한때는 민철과 함께 차기 후보직으로 내정되었다 불리던 남성진이 자연스럽게 한경배 회장으로부터 신뢰를 박탈당해버렸기 때문이다.

그러면 이제 남은 인물은 민철밖에 없다.

그렇다면 민철에 관한 소문이 도는 것도 어찌보면 합당한 순리라 할 수 있을지도 모른다.

민철을 따라 도착한 곳은 청진그룹 빌딩 바로 옆쪽에 위치한 작은 백반집이었다.

가게의 규모 자체는 상당히 작은 편이지만, 반찬의 품질이라든지 양, 그리고 가장 중요한 맛에서 근처에 일하는 샐러리맨들의 입맛을 확실하게 사로잡은 맛집으로 소문이 나 있다.

"실례합니다."

"어서오세요. 몇 분인가요?"

"3명입니다. 여기 앉아도 될까요?"

"예, 잠시만요. 금방 자리 치워 드릴게요."

가게에서 일하고 있는 식당 아주머니가 후다닥 구석 쪽에 있는 테이블을 치워준다.

가급적이면 이야기가 외부로 새어 나가는 걸 원치 않기에 일부러 구석에 위치한 테이블을 고른 민철이었다.

물론 이 자리에서 모든 것을 이야기할 생각은 없다.

지금은 그저 철호와 친목을 다진다는 목적이 가장 크다.

"앉으시죠."

"예."

민철의 말에 따라 철호와 기남이 자연스럽게 자리에 앉는다.

민철과 기남이 한쪽에, 그리고 맞은편에 철호를 놔두고 앉는 형태로 자리를 잡는다.

"서 팀장에게 이야기 많이 들었습니다. 예전부터 동기라고 하셨지요?"

"예… 그렇습니다만……."

성품도 우직하고, 중요한 정보를 외부로 마구 떠들고 다닐

만큼 입이 가벼운 인물이 아니란 말도 들었다.

딱 민철이 바라는 이상적인 타입이었다.

"기남이한테는 얼핏 들은 적이 있습니다만… 예전에 부당 행위를 저질렀던 강태봉 씨 퇴사 사건을 조사하고 싶다고…….”

"예, 맞습니다.”

본래는 아니었지만, 기남이 같이 있기에 우선 거짓으로 자신의 목적을 설정한다.

"총괄기획부라고는 하나, 아직까진 모든 부서의 일에 관여할 만한 그런 영향력이라든지 권한은 없어서요. 그리고 그때 당시 사건을 맡았던 감사팀 말고는 사실 그 사건을 잘 아는 부서도 별로 없지 않겠습니까?”

"그렇긴 하지요.”

"그래서 개별적으로 좀 조사를 하고자 이렇게 만남을 청하게 되었습니다.”

"음…….”

어려운 일은 아니다.

그리고 사실 강태봉에 관한 사건은 철호도 어렴풋이 알고 있다.

사적으로 조사하고 싶다는 민철의 그 마음도 철호가 모르는 바가 아니다.

민철은 총괄기획부를 비롯해 한때 자신이 몸담았던 홍보팀, 그리고 심곡 지점까지.

자신의 보금자리를 옮기면서 만났던 수많은 인연들을 소중하게 여기는 사람이라고 잘 알려져 있다.

그런 그가 태봉의 사건에 대해 개인적인 만족을 위해 조사하고 싶어졌다고 말한다면, 딱히 크게 의외란 생각이 들지 않는다.

어찌 보면 지극히 당연한 일일지도 모른다.

왜냐하면 그는 민철의 맞선임이었으니 말이다.

단지 불만이 있다면, 철호의 업무가 늘어난다는 점일까.

위에서 시킨 업무만으로도 충분히 바쁜데, 여기에 개별적인 부탁을 들어주기까지 해야 한다.

보통의 경우라면 얌전히 거절하는 게 정상이다.

하지만 부탁을 해온 상대가 이민철이라면 이야기가 달라진다.

"알겠습니다. 일단 조사를 해보는 쪽으로 하겠습니다."

"감사합니다, 강 팀장님."

민철은 회장 세력의 중심인물이 되는 자다.

여기서 미리 민철과의 인연을 만들어두는 것도 나쁘지 않으리라.

철호의 머릿속은 이미 그것까지 전부 계산을 마친 상태

였다.

강철호. 그는 야심가다.

청진그룹은 감사팀의 영향력이 상당히 강한 축에 속하는 회사라고 할 수 있다.

그건 즉, 다시 말해서 '권력'이 있다는 뜻이다.

다른 부서들은 감사팀을 두려워하고, 건드릴 생각도 하지 못한다.

이러한 환경 덕분에 철호는 권력이라는 걸 맛볼 수 있었다.

한때는 그저 순수하게 감사팀의 일원으로서 사건을 수사하던 남자였으나, 지금은 기남이 알고 있는 그 착한 철호가 아니다.

이제는 어느 정도 적당히 권력도 밝힐 줄 아는 남자가 된 것이다.

물론 권력을 밝힌다는 게 결코 나쁜 것은 아니라고 본다.

왜냐하면…….

인간으로서 지극히 당연한 욕망이니까.

＊　　＊　　＊

똑똑.

"남우진 부사장님, 우민오 실장입니다."

가벼운 노크 소리와 함께 자신의 신분을 밝히자, 안에 있던 남우진이 출입을 허가한다는 의미를 담은 말을 들려준다.

"들어오게."

"실례하겠습니다."

부사장실의 문을 열고 조심스럽게 안으로 들어서는 우민오.

감사팀에서 실장직을 맡고 있으며, 남우진을 적극적으로 밀고 있는 친부사장 세력파 중 한 사람이기도 하다.

"거기 앉게나."

"예, 알겠습니다."

남우진의 말에 곧이곧대로 행동한다.

소파에 앉자, 남우진이 일어서며 커피 포트로 향한다.

"커피 한잔하겠는가?"

"그래주신다면야… 감사히 잘 마시겠습니다."

"그래그래, 잠깐만 기다리게."

부사장이 직접 타주는 커피라…….

상당히 부담스러운 커피가 아닐까 생각한다.

차라리 자신이 직접 커피를 타는 거라면 부담감이 훨씬 덜 할지도 모른다.

그러나 이제는 남우진의 이런 대접에 익숙해진 모양인지 얌전히 그의 제안을 받아들이는 우민오 실장이었다.

"자, 여기 한 잔 들게나."

"감사합니다."

작은 잔에 담겨진 커피 한 잔을 음미하기 시작한다.

후르릅.

따스한 커피의 온기가 체내에 가득 퍼진다.

가뜩이나 요즘 날씨도 쌀쌀한 와중에 이렇게 따뜻한 커피로 몸을 녹일 수 있다는 점이 미묘하게 편안함을 심어준다.

물론, 편안한 행동을 취하기에는 눈앞에 있는 상대가 너무 거물급이라는 점만 빼면 다 좋을 것이다.

"일은 어떻게 되어가고 있나?"

단도직입적으로 묻는 남우진의 질문.

마치 그의 이 말을 기다리고 있었다는 것마냥 자연스럽게 답변을 들려준다.

"딱히 어느 성과가 있다고 말씀드리기는 어려운 단계인 거 같습니다."

"음… 그런가."

"예. 이민철 부장이 뒤처리를 잘한 건지, 아니면 실제로 뒤가 켕길 만한 행동을 한 적이 없는지 아직까지는 잘 모르겠습니다만… 이렇다 할 문제점은 보이지 않습니다."

"그렇군."

민철이 감사팀의 강철호 팀장을 포섭하기 위해 움직이는

동안, 남우진은 이미 자신을 따르는 부하 직원 중 한 명인 우민호를 매수해 어떠한 명령을 내려놓았다.

실로 간단한 내용이다.

이민철 부장을 조사하라.

구린 일 하나 없이 남성진을 재치고 거기에 더해 청진그룹 역사상 가장 짧은 기간 내에 총괄기획부 부장직까지 무난하게 승진할 리가 없을 것이다.

그래서 남우진은 혹시나 하는 마음으로 이민철의 행적을 조사하라고 몰래 우민오 실장에 지시를 넣어놨다.

하나 결과는 우민오 실장이 말한 그대로다.

아직까지 눈에 뜨일 만큼 큰 문제점은 발견되지 않았다는 점이다.

사실 남우진은 한경배 회장이나 서진구 부사장을 공격할 만한 입장도, 그리고 여력도 되지 못한다.

사실상 두 사람을 공격하는 의미도 없다.

한경배 회장은 이제 더 이상 회사의 경영권을 유지할 수 없다.

가장 큰 이유는 바로 건강상의 문제다.

점점 나이를 먹으면서 이제는 하나둘씩 회사 경영권에 손을 떼고 있는 실정인데, 과연 언제까지 청진그룹을 맡아 이끌어갈 수 있을까.

그리고 서진구 부사장의 경우에는 애초에 회사 경영에 대한 욕심도 없기에 공격해 봤자 아무런 소용도 없다.

그는 한경배 회장의 뒤를 이을 차기 회장이 결정되면, 당분간 차기 회장을 위해 여러모로 도움을 주는 조력자 역할을 하다가 나중에 메인 무대에서 내려올 것이다.

한경배 회장과 서진구, 두 사람은 어차피 회사를 떠나게 될 인물이다.

그렇다면 공격을 해도 별 타격도 없을뿐더러 가지는 의미도 미비하다.

결국 남우진이 노리는 인물은 한 명이다.

차기 회장으로 거론되고 있는 남자, 이민철이다.

사실 이제와서 이민철을 공격하기 위해 준비한다고 해봤자 너무 늦은 감이 없지않아 있다.

이미 이민철은 자신의 입지를 견고하게 다져 뒀기 때문이다.

'내 실수였어… 왜 처음부터 이민철이 눈에 들어오지 않았던 것일까.'

뒤늦은 후회를 하는 남우진이었지만, 이것은 사실 이민철의 철저한 계산에서 나온 결과물에 불과하다.

자신이 직접적인 타깃으로 지정되지 않게 하기 위해 민철은 일부러 강오선 사건의 공로를 숨기거나 혹은 남성진과 같이 공을 나누거나 하는 식으로 일을 진행해 왔다.

즉, 그는 공을 세워도 자신이 독차지하면서 이민철이란 남자의 존재를 전면으로 내세우기보다는 은연중에 뒤에서 숨어서 천천히 자신의 존재감을 키워온 것이다.

그래서 남우진은 본인의 진짜 적이 한경배 회장이나 서진구가 아닌, 이민철이라는 것이 겨우 보이기 시작한 것이다.

"아무튼… 조사는 계속해서 해주게. 조금이라도 문제 요지로 삼을 만한 것이 있으면 바로 알려주고."

"예, 알겠습니다."

의미 없는 발버둥이라는 건 남우진도 잘 알고 있다.

하지만 어찌하랴.

지금부터라도 이민철을 견제하지 않으면…….

또 다시 큰 거 한 방 제대로 맞을지도 모른다.

제9장

진격

점심시간이 끝나갈 무렵.

"그럼 부장님, 전 먼저 올라가 보도록 하겠습니다."

기남이 먼저 민철에게 사무실로 올라가 보겠다는 말을 건넨다.

그러자 민철이 알았다는 식으로 고개를 끄덕여 주며 먼저 기남을 올려 보낸다.

"저도 이만 슬슬 가봐야 할 거 같습니다만……."

철호가 손목시계를 바라보며 자신도 사무실로 올라가 봐야 한다는 말을 하자, 민철이 대뜸 그의 발목을 잡는 말을 꺼낸다.

"조금 더 이야기하다 가지 않겠습니까?"

"하지만 곧 있으면 점심시간이……."

"바쁜 일이라도 있으십니까?"

"지금 당장 처리해야 할 일은 없습니다만……."

"그렇다면 괜찮습니다. 감사팀 쪽 부장님에게는 제가 미리 철호 씨에게 이야기할 게 있다고 연락을 넣어둘 테니까요."

"……."

철호도 야심가이기에 이민철이란 인물이 얼마만큼 중요한 인물인지 잘 알고 있다.

차기 회장이 될지도 모르는 젊은 인재!

이미 청진그룹 내부에선 민철을 따르고자 하는 새바람이 여기저기서 불어오고 있었다.

아마 민철이 개별적으로 감사팀에 연락을 넣어준다면, 감사팀 쪽도 딱히 철호에게 지금 당장 들어오란 말은 하지 않을 것이다.

민철을 지지하는 세력이 많다는 건 반대로 말하면 이런 의미로도 해석될 수 있다.

민철을 함부로 건드릴 수 없다.

그의 행보에 걸리적거리는 행동을 하게 된다면, 훗날 그가 정말로 회장직을 차지하게 되었을 때 불이익을 받을 수 있다는 말이 된다.

"어디 가서 조용히 이야기라도 할까요?"

"……."

기남에게서 이민철 부장이 자기에게 용무가 있어서 개별적으로 보고 싶어 한다는 말을 들었을 때, 분명 뭔가가 있으리라곤 생각했다.

단순히 강태봉의 퇴사 사건을 조사하기 위함이었을까?

천만에.

민철은 그 누구보다도 현재와 미래를 보는 사람이다.

과거의 추억에 잠겨 시간을 허비하면서까지 자기만족을 위해 강태봉 퇴사 사건을 조사하고 싶다는 말을 듣게 되면, 가장 먼저 이민철 부장답지 않은 행동이라는 생각이 들 것이다.

과거에 연연하지 않는다.

그게 이민철의 스타일이기 때문이다.

"예, 알겠습니다."

뭔가 중요한 이야기가 오고 갈 것이 분명하다.

자신에게 민철을 도와야 하는 중요한 조력자 역할이 주어지게 된다면…….

이번 기회에 민철의 세력에 편승하는 것도 나쁘지 않으리라.

인근의 카페에 자리를 잡게 된 민철과 철호.

가급적이면 사람들이 많지 않은 카페를 찾다 보니 회사에서 제법 먼 곳까지 이동하게 되었다.

자리도 구석진 곳으로 삽은 뒤, 각자 맞은편에 자리를 잡는다.

"다름이 아니고……."

시간을 끌 생각은 없는지 민철이 곧장 본론을 꺼내기 위해 입을 연다.

"한 가지 조사를 해주셨으면 합니다만."

"무엇을 말입니까?"

"고청산업에 대해서입니다."

"고청산업이라면……."

청진전자의 하청업체로 일하고 있는 중소기업이다.

감사팀 일을 하기 때문에 구체적으로 고청산업이 무슨 일을 하는지, 그리고 청진진자와 어떠한 관계를 가지고 있는지에 대해 알 수는 없다.

"그 고청산업이라는 곳이 아무래도 장진석 전무가 운영하는 회사인가 봅니다."

"예……?"

순간 당황한 나머지 자신도 모르게 어벙한 표정으로 되묻는다.

장진석 전무라니.

게다가 고청산업은 아직까지도 청진전자와 협업하여 일하고 있는 중소기업 아니겠는가.

한경배 회장의 분노를 생각해보면, 이미 진작에 고청산업과의 협업도 끝냈어야 할 판국이다.

그럼에도 불구하고 아직까지 그 회사가 청진전자와 연을 맺을 수 있는 이유가 무엇인가.

"고청산업의 대표자 성함은 장진석 전무로 되어 있지 않습니다. 심지어 장진석의 친인척 이름으로 되어 있지도 않죠."

"전혀 관계가 없는 사람을 대표자명으로 걸어뒀다는 겁니까?"

"제 정보통에 의하면… 장진석, 그분의 친구분이라고 합니다."

"…그렇군요."

참고로 민철의 정보통이라 함은, 신라일보의 최서인 기자를 말하는 것이다.

한편, 민철에게서 고청산업에 관한 정보를 입수한 철호가 생각에 잠긴다.

이건 대박 사건이다.

안 그래도 한경배 회장이 장진석에 연관된 거라면 청진그룹에서 싸그리 그 싹을 자르란 엄명을 내렸다.

그런데 여기서 고청산업을 들먹인다면?

자신의 공적을 하나 올릴 수 있게 되는 것이다.

하나 이 정보를 공유해 준 출처는 바로 이민철이다.

고청산업에 관한 공적은 민철의 것이다.

그러나 여기서 민철은 의외의 발언을 꺼낸다.

"고청산업에 관한 걸 철저하게 파헤치고 조사해 주신다면, 그 공적을 모두 강 팀장님에게 돌려 드리도록 하겠습니다."

"네?!"

너무 놀란 나머지, 앞에 놓인 커피를 쏟을 뻔했다.

이건 또 무슨 말인가.

기껏 고청산업이 장진석과 연관이 있다는 엄청난 정보를 얻게 되었는데, 그 공적을 강 팀장에게 양보하겠다니.

감사팀으로서 상당히 메리트가 있는 제안이다.

하지만 세상 일에는 늘 그렇듯 공짜란 없다.

"원하는 게… 무엇입니까?"

철호가 두근거리는 심장을 억지로 진정시키며 민철에게 진의를 묻는다.

민철이 바라는 건 오로지 단 하나다.

"남우진 회장을 격파하는 일뿐입니다. 그것만 달성된다면, 고청산업에 관한 공적이 누구에게 향하든 좋습니다."

"……."

민철은 이제 더 이상 자신만의 커리어를 쌓을 이유가 없다.

이미 남성진과 회장직이라는 결승점을 두고 레이스를 펼친 결과, 성진은 장진석 전무라는 커다란 장애물에 의해 더이상 앞으로 나아갈 수 없는 상황이 되었다.

애초에 회장직 타이틀을 차지할 수 있는 후보 선수는 남성진과 이민철, 두 사람뿐이었다.

민철은 성진보다 자신의 공적을 점점 더 쌓음으로써 한경배 회장의 마음을 얻겠다는 전략을 애초에 세우지 않았다.

스스로 고생하면서 공적을 쌓아 올리는 것보다 더 간단한 방법이 있지 않은가.

상대방을 무너뜨리면 된다.

단 한 방의 일격으로 말이다.

이번에도 민철은 그와 같은 생각으로 남우진에게 제대로 한 방 먹을 준비를 하고 있었다.

"고청산업과 남우진 부사장이 연관을 가지고 있는지… 만약 서로 연관되어 있다면 어떠한 관계인지 철저하게 조사해 주시면 감사하겠습니다. 그 이외의 모든 공적은 강 팀장님에게 양보하겠습니다."

"……."

"어떻습니까. 나쁜 제안이라고 생각하진 않습니다만."

확실히 철호에게 있어선 제법 끌리는 제안이다.

불법적으로 무언가를 하는 것도 아니고, 고청산업을 뒤에서 몰래 조사하기만 하면 된다.

이미 민철의 정보를 통해서 장진석 전무가 고청산업을 운영하고 있다는 걸 알게 되었다.

설사 남우진 부사장이 고청산업과 직접적인 연관이 없다는 게 밝혀지더라도 이미 강 팀장은 장진석과 고청산업, 두 요소의 관계만으로도 충분히 공로를 세울 수 있게 되었다.

지금 들은 사실들을 가지고 상부에 보고해도 큰 성과를 얻어낼 수 있다.

그저⋯⋯.

민철의 부탁을 들어주기만 하면 된다.

"알겠습니다."

결국 철호가 무겁게 고개를 끄덕이며 민철의 제안을 받아들인다.

그러나 아직 이야기는 끝나지 않았다.

"대신, 한 가지 조건이 있습니다."

"말씀해 보시죠."

"만약, 남우진 부사장과 고청산업이 뭔가 뒤가 켕기는 뒷거래를 하고 있다는 게 밝혀지면, 그 정보를 바로 이민철 부장님께 넘기도록 하겠습니다. 그 정보에 대해서도 일절 손을 대지 않겠습니다. 대신, 남우진 부사장을 비롯해서 그쪽 세력에는 제가 그러한 정보들을 모아 이 부장님에게 건네줬다는 사실을 철저하게 비밀로 해주시기 바랍니다."

"알겠습니다. 그 점에 대해서는 제가 확실하게 보장해 드리도록 하겠습니다."

이번 비밀 협약은 철저하게 보안이 유지되어야 한다.

민철은 처음 만나는 사람에게 많은 신용을 투자하지 않는다.

그렇기 때문에 먼저 자신이 거대한 미끼를 상대방에게 던져 준 것이다.

민철이 스스로 먹음직스러운 먹이 하나를 내밀게 되면, 상대방은 입가에 침이 고이게 마련이다.

그렇게 되면 상대방의 눈에는 그 먹잇감밖에 들어오지 않게 된다.

먹고 싶다.

지금 당장에라도!

특히나 권력 욕심을 지니고 있는 사람일수록 민철이 투척한 먹잇감은 더더욱 많은 탐욕을 자극시킨다.

고급 정보를 먼저 내보인다.

그것은 곧, 자신이 상대방에게 진실성 있게 다가간다는 증거가 되기도 한다.

오늘 처음 본 사이인데, 고청산업에 관한 정보를 드러낸다는 건 말이 안 되는 행동이다.

하나 민철의 과감한 행동으로 인해 강철호는 민철이 그만큼 자신을 많이 신뢰하고 있다는 걸 단번에 깨닫게 되었다.

사람과 사람의 관계를 결정짓는 가장 중요한 요소는 서로 간의 호감도 아니요, 그 사람의 재력이라든지 주변 환경, 그리고 인간관계도 아니다.

바로 첫인상이다.

첫인상에서 그 사람에 대한 평가가 90%는 이뤄진다는 연구 결과도 있다.

물론 사람에 따라 개개인의 차이가 있긴 하지만, 그만큼 첫인상의 중요성은 상당하다.

민철은 강철호와의 첫 만남에서 스스로 진실성을 드러냄으로써 그에게 많은 믿음을 가지고 있음을 먼저 보여줬다.

서기남에게 들은 강철호란 사람의 스타일을 고려한다면, 분명 고청산업 정보만 낼름 듣고 가지 않을 거라고 예상했다.

그리고 민철의 그 예상은 제대로 적중하게 되었다.

"앞으로 잘 부탁드리겠습니다."

"저야말로 잘 부탁드립니다."

서로 가볍게 악수를 주고받는 두 남자.

이제부터 이들이 펼치는 활약에 따라…….

청진전자의 운명이 갈리게 될 것이다.

　　　　　*　　　　　*　　　　　*

　"나 왔어."

　피곤한 몸을 이끌고 집으로 복귀하는 민철.

　집 안으로 들어서자, 이질적인 목소리들이 그의 귓가를 간지럽힌다.

　'누구지?'

　속으로 의아함을 품으며 다시 한 번 목소리를 높인다.

　"나 왔어."

　"아, 민철 씨?"

　이제야 민철의 목소리를 들은 모양인지 안방에서 한창 수다를 나누고 있던 체린이 빠르게 다가온다.

　"이제 온 거야?"

　"어. 그보다도 누구 왔어?"

　"응. 내 고등학교 친구들."

　"친구들이라……."

　좋은 울림이다.

　친구.

　사실 민철은 이 세계에서 마땅히 친구라고 부를 만한 존재가 없다.

대학생 때 알고 지낸 사람이라고 해봤자 수민과 혜진, 두 명뿐이니까.

레이폰이 지금의 이민철을 연기하기 전에, 원래 전(前) 이민철은 교우 관계가 그다지 좋지 않았다.

초등학교를 비롯해서 중학교, 고등학교, 그리고 대학교까지.

그래도 레이폰은 그다지 불만을 가지고 있지 않았다.

어차피 기존의 친구들이 있다 하더라도, 그들이 자신의 계획에 많은 도움을 줄 거라곤 생각하지 않기 때문이다.

물론 있으면 좋다.

힘이 드는 시기가 있으면, 자신의 축 처진 어깨를 부축해 주는 존재.

그게 바로 친구 아닌가.

그러나 민철은 도안의 일을 제외하고 딱히 힘든 일이 있었다는 걸 체감하지 못했기에 친구의 존재에 대해 별다른 의의를 두지 않고 있었다.

"나갔다가 좀 이따 들어올까?"

"아니야, 민철 씨. 그럴 필요 없어. 어차피 조금 이따 간다고 하니까… 온 김에 서로 인사라도 나눌래? 우리 결혼식 때 와줬던 애들이니까 아마 민철 씨도 아주 어렴풋이 기억은 하고 있을 거야."

"가볍게 인사를 나누는 것 정도라면야 어렵진 않지."

혼쾌히 체린의 제안을 받아들인 민철이 그녀와 함께 안방
으로 들어선다.

제10장

모종의 거래

강남에 위치한 어느 한 고급 레스토랑.

　따로 룸으로 꾸며져 있는 장소 안에서 술잔을 기울이던 중년 남성이 쓴웃음을 유지하며 맞은편에 위치한 남자의 빈 술잔을 채워준다.

　"그나저나 강 의원님이 어쩌다가 이런 신세가 되었는지… 이게 다 그 장진석이라는 작자 때문이 아니겠습니까?"

　"……."

　강오선은 장진석이란 이름만 들어도 속이 부글부글 끓어오르지만, 애써 다시 침착함을 유지한 채 비교적 낮은 목소리로 대화를 이어간다.

"이미 지난 일일세, 이제 와서 왈가왈부해 봤자 무슨 소용이겠나."

"그렇긴 하지요."

강오선과 술자리를 가지고 있는 이 남자의 이름은 오두석.

신오름당 원내 대표 자리에서 물러난 강오선을 대신해 지금 현재 그의 뒤를 이어받아 원내 대표직을 맡고 있는 인물이기도 하다.

"그래도 강 의원님 덕분에 제가 원내 대표 자리에 다 앉아 보고… 정말 감사합니다."

"아닐세. 나한테 혹여나 무슨 일이 생기게 된다면, 자네를 내 자리에 올리려고 했어. 예전부터 그리 생각하고 있었으니 크게 신경 쓰지 말게."

"그래도 강 의원님이 팍팍 밀어주신 이 은혜, 결코 잊지 않겠습니다. 나중에 뭔가 필요하신 거라도 있으면 언제든지 말씀해 주세요. 이 한 몸 기꺼이 불살라 의원님이 원하는 거라면 뭐든지 다 가져다 바치겠습니다!"

"허허… 자네도 참……."

옅은 웃음을 선보이던 강오선이 잔을 내려놓은 채 입맛을 다신다.

슬슬 계획에 들어갈 타이밍이다.

"자네가 그렇게까지 말한다면야……."

뭔가 할 말이 있다.

하기사, 강오선이 괜히 하고자 하는 말도 없이 이런 자리를 만들 이유는 없을 것이다.

"개인적으로 좀 밀어주고 싶은 후배가 한 명 있는데 말이야."

"후배… 요?"

"자네도 잘 알 걸세. 이한선이라고 하네만."

"아… 그 친구 말입니까?"

물론 두석도 잘 알고 있다.

같은 신오름당 소속이면서 동시에 국회의원들 사이에선 괴짜라고 소문이 난 남자다.

자고로 현재 대한민국 정계는 너무 옳은 말만 하면 주변에서 쉽사리 배척을 당할 수 있다.

이한선이 그런 경우에 속한다.

국민을 위해.

그리고 서민을 위해.

자신들의 배만 채울 생각이 가득하다며 의원들에게 강한 일침을 가하고, 못사는 국민들에게 보다 더 특혜를 줘야 한다고 주장하던 바로 그 남자다.

의원의 신분을 유지하고 있지만, 사실상 이한선 개인을 놓고 보자면 그다지 힘이 없다.

"그 친구를 갑자기 왜……."

"생각이 다 있어서 그러네. 어떤가. 자네가 힘 좀 써주겠나?"

"……."

차라리 다른 의원이면 납득이 되지만, 이한선만큼은 도무지 이해가 안 간다.

의원들 사이에서도 인식이 좋지 않은데, 왜 하필 그를 선택했단 말인가.

두석의 머리로는 도저히 납득할 수가 없었다.

하나 눈앞에 있는 남자가 누구인가.

바로 강오선이다.

이 나라 권력의 중심에 서 있는 남자라고 불리는 존재가 강오선인데, 그가 괜히 허투루 이한선을 키우려 하겠는가.

분명 뭔가가 있을 것이다.

"자네가 협력해 준다면, 나중에 한몫 단단히 챙겨주겠네."

자고로 거래라 함은 오가는 게 있어야 하는 법이다.

그저 친분을 들먹이며 도와달라고 말하는 건 상도덕에 어긋나는 일이다.

그걸 잘 알고 있기에 강오선도 떡밥을 던져 본다.

오두석은 속이 상당히 시커먼, 여우 같은 타입이다.

교활하고, 철저하게 자기 자신에게 이득이 되는지의 여부만 보고 움직인다.

"날 한번 믿어볼 텐가?"

"……."

강오선에게 들어온 모종의 뒷거래.

분명 그라면 뭔가 생각이 있을 것이다.

이한선을 키워서 얻는 이득이 무엇일까.

머릿속으로 계산을 해보지만, 답은 나오지 않을 게 분명하다.

결국, 자신의 감에 의존해야 한다.

곰곰이 생각에 잠기던 두석이 결국 무겁게 고개를 끄덕임으로써 동참 의사를 밝힌다.

"알겠습니다. 제가 한번 힘 좀 써보겠습니다."

"고맙구려."

"아닙니다. 전 강 의원님만 믿고 가기로 했으니까요. 이번에도 뭔가 또 색다른 신화를 써 내려갈 것이라 믿어 의심치 않습니다."

"허허… 너무 그렇게까지 기대하진 말게. 자자, 그보다 술이나 들자고."

"예!"

민철이 지시한 그대로 한선을 키우기 위해 움직이기 시작하는 강오선.

그러나 자신도 민철의 계획대로 행동하고 있긴 하지만, 여전히 왜 하필이면 이한선일까 하는 의구심을 머릿속에서 지울 수가 없었다.

충분히 그 이유도 들은 적이 있으나 아직도 정확하게 납득은 되지 않고 있다.

하나 그렇다고 한들 어찌하랴.

이미 이민철은 강오선에 대해 너무 많은 것을 알아버렸다.

만약 여기서 민철의 말에 따르지 않으면, 그나마 유지하고 있는 지금 이 생활도 언제 무너질지 모른다.

누군가에게 약점을 보인다는 건 이렇게나 무서운 일이다.

*　　*　　*

안방으로 들어서자, 두 명의 미인이 민철을 향해 환하게 미소를 지으며 인사한다.

그중 한 명이 유독 반갑다는 듯이 말을 걸어온다.

"안녕하세요, 민철 씨. 오랜만이에요."

"아, 유나 씨군요."

체린의 친구이자 민철이 한때 근무했던 청진전자 심곡 지점 근처에서 바를 운영하고 있는 여인이기도 한 마담 서유나였다.

심곡 지점에 근무할 때에도, 체린과의 결혼식을 앞두고 있을 때에도 자주 만나곤 했기에 낯설거나 그런 감정은 들지 않는다.

그러나 다른 한 명은 익숙하지 않은 사람이다.

"이분은……."

민철이 유나 말고 다른 여성을 가리키자, 체린이 기다렸다는 듯이 곧장 소개에 임한다.

"윤민희라고… 고등학교 때 같은 반이었어. 유나랑 나랑 셋이서."

"반가워요. 말씀 많이 들었어요."

민희가 먼저 손을 내밀며 악수를 청한다.

민철 역시 그녀의 손을 마주 잡으며 가볍게 악수를 주고받는다.

체린과 유나, 그리고 민희까지.

세 명 다 빼어난 외모를 지니고 있는 여성들이었다.

30대라는 게 믿어지지가 않을 정도다.

"민철 씨도 같이 한잔하실래요? 모처럼 가게에서 좋은 술을 가져왔거든요."

유나가 술병을 가볍게 들어 보이며 합석을 제안한다.

잠시 고민을 해본 결과.

지금 당장 마땅히 해야 할 일도 없다는 판단에 민철이 흔쾌히 합석 제안을 받아들인다.

"제가 끼어도 될는지 모르겠습니다. 여자분들만 모여 있는 술자리인데…….".

"어머, 괜찮아요. 그리고 원래 남자 한 명 정도는 껴줘야 술맛이 나잖아요."

"하하하…….".

유나가 걱정하지 말라며 거침없이 말을 내뱉는다.

민철의 아내인 체린의 앞에서 이런 이야기를 당당하게 꺼내다니.

역시 술집을 운영하는 마담다운 화끈한 면모였다.

체린도 딱히 크게 신경은 안 쓰는 모양인지 잠시 주방에 들렀다가 민철이 사용할 젓가락과 잔을 가져온다.

"여기."

"고마워."

암전히 잔을 받아드는 민철.

그 모습을 보던 민희가 억지 웃음을 지어 보인다.

"이게 남편을 둔 아내의 모습이란 말이지…….".

"어휴, 우리도 빨리 결혼하든가 해야겠네. 서러워서 어떻게 살아."

유나도 민희의 말에 동참하듯 말한다.

그러나 그렇게 말을 해도 유나는 애초에 결혼 생각이 없다는 걸 잘 알기에 가벼운 농담으로 받아들이고 흘려버린다.

여하튼 이렇게 4명이서 조촐한 술 파티가 벌어지기 시작한다.

술에 유독 강한 민철인지라 제아무리 독한 술을 내밀어도 그는 결코 취하지 않는다.

가뜩이나 알코올 내성이 강한 민철에 비해, 그다지 술을 즐겨 마시지 않는 체린과 민희는 벌써부터 살짝 취기가 올라오는 모양인지 얼굴이 상기되어 있었다. 물론 유나는 멀쩡했다.

"…민철 씨, 혹시 그거 아세요?"

민희가 대뜸 민철에게 뭔가 할 말이 있는 모양인지 말을 걸어온다.

혼자서 다른 여자들의 2~3배의 음주량을 유지하고 있던 민철이 그녀의 말을 받아준다.

"어떤 건가요."

"체린이가 말이죠… 저희한테 전화할 때마다 민철 씨 막 자랑하고 난리도 아니에요. 우리 남편은 정말 좋은 사람이라고 이야기할 때마다 배가 아플 지경이라니까요. 어떻게 좀 해주세요."

민희의 돌발 발언 덕분일까.

취기에 몸을 맡기고 있던 체린의 얼굴이 급격하게 빨개진다.

"그, 그걸 왜 여기서 말하는 거야!"

"심술이다, 심술. 노처녀 히스테리는 무섭다고. 잘 알아 둬."

민희도, 그리고 유나도 사실 결혼 적령기를 지나고 있었다.

그래서 체린의 이런 행복한 결혼 생활이 더더욱 부럽게 느껴지는 것일지도 모른다.

실제로 체린은 민철과 결혼을 한 이후부터 좀 더 분위기가 밝아졌다.

예전에는 머메이드라는 브랜드를 장차 이어받게 될 후계자라는 점 때문에 얼굴이 항상 딱딱하게 굳어 있었다.

여자라는 편견을 극복하기 위해서라도 자신이 승부의 뒤를 제대로 이어받지 않으면 안 된다.

그런 마음의 짐이 그녀의 감정을 점점 좀먹어갔다.

하나 민철과 만난 이후 세상이 다르게 보인 것이다.

이체린이라는 여자는 어디에 내놓아도 손색이 없을 만큼 뛰어난 엘리트란 수식어가 늘 따라다녔다.

하지만 민철은 급이 다르다.

첫 만남 때부터 체린은 민철에게서 뭔가 비범함이라는 것을 느꼈다.

소수대학교라는 이름 없는 대학에 재학 중이면서도 우수

한 성적으로 당당하게 남들이 부러워할 만한 직장을 얻었다.

그리고 지금은 한경배 회장의 열렬한 신뢰를 받으며 차기 회장 후보로 거듭나게 되었다.

체린보다도 더 월등하게 뛰어난 능력을 보유하고 있는 민철.

그런 그에게 체린은 호감을 느끼게 되었다.

자신이 의지하고 믿을 만한 남자가 드디어 나타난 것이다.

일도 잘하고, 결혼 생활에도 충실히 임하고 있다.

필수적으로 장거리 출장을 가야 하는 때를 제외하곤 늦은 시간에라도 언제나 집에 들어온다.

그것만으로도 체린은 민철에게 한없는 고마움을 품고 있었다.

일도 잘하고 가정에 충실하기까지 한데, 어찌 사랑스럽지 않겠는가.

직장도 이제는 안정화되었고, 체린이 거느리고 있는 상오 그룹도 이제는 외식업계의 지분 대다수를 차지할 만큼 성장했다.

그렇다면 이제 슬슬 또 다른 면을 고려해야 하지 않을까.

그 말의 신호탄을 유나가 먼저 쏘아 올린다.

"그나저나 두 사람은 언제 2세를 가질 건가요?"

"……!!"

2세 계획 이야기가 나오자, 체린의 얼굴이 방금 전보다도 훨씬 더 빨갛게 달아오른다.

부부간의 성생활은 활발하게 진행하고 있다.

하나 아직까지 2세 계획이 없기 때문에 피임은 확실하게 하고 있는 상황이다.

그렇다 하더라도 이제 슬슬 2세에 대해 생각해 봐야 하지 않을까.

안 그래도 양가 부모들도 2세를 언급하기 시작하고 있었으니까.

"결혼이라… 부럽다, 부러워."

민희가 다시 술잔을 기울이며 체린의 결혼 생활에 대한 부러움을 토로한다.

이야기의 화두를 전환하기 위해 민철이 슬쩍 다른 쪽으로 말을 돌린다.

"민희 씨는 결혼 생각이 없으십니까? 민희 씨 정도면 충분히 좋은 남자를 고를 수 있을 거 같은데요."

"글쎄요… 우선 아버지 사업이 좀 안정되고 나서 생각할까 고민 중이에요."

"사업이라 함은……."

"민철 씨가 일하고 있는 청진그룹 쪽… 그러니까 청진전자의 하청을 받아서 일하는 중소기업이거든요."

"그렇군요. 회사명이 어떻게 되나요?"

청진전자의 하청을 받는 기업은 꽤나 많이 있다.

그중에서 어느 기업인지 들어나 보자 하는 생각으로 가볍게 물어본 민철의 질문이었지만…….

"고청산업이에요."

"……!!"

그의 질문 하나에 이야기의 전개는 예상치 못한 방향으로 흘러가기 시작한다.

*　　*　　*

자정이 다 되어가는 시간임에도 불구하고 청진그룹 건물의 몇몇 사무실에서는 아직까지도 환하게 빛을 뿜내고 있었다.

그중에 한 곳이기도 한 감사팀 사무실.

"철호야, 퇴근 안 하냐?"

늦은 시간까지 업무를 보느라 피곤한 모양인지 기지개를 쭈욱 펴던 전기상 부장이 아직 이 시간까지 남아 있는 철호에게 다가간다.

전 부장의 인기척을 감지한 철호가 머쓱한 웃음을 보인다.

"아직 할 일이 좀 남아 있어서요. 부장님 먼저 들어가시기 바랍니다."

"일도 적당히 쉬어가면서 해라. 그러다가 쓰러지면 아무도 책임 못 지니까."

"예, 잘 새겨듣겠습니다."

평소 강철호는 감사팀 내에서도 가장 늦게 퇴근하기로 소문이 자자한 사원이다.

일도 열심히 하고, 열정도 대단한 인물이다.

사실 철호가 처음 감사팀에 입사했을 당시에, 입사 성적이 최악으로 분류된 신입 사원이라는 점 때문에 선배들로부터 종종 멸시를 당하곤 했다.

그 편견을 깨고자 신입 당시부터 가장 늦게 퇴근하는 버릇을 습관화시켜 누구보다도 열심히, 그리고 누구보다도 많이 일을 하는 모습을 보여왔다.

그 결과, 지금은 감사팀에서 알아주는 우수한 인재로 거듭나게 되었다.

노력으로 편견을 극복한 남자. 그가 바로 강철호다.

하나 점점 샐러리맨 생활을 하면서 감사팀 업무 이외에 사회라는 것을 공부하게 되었다.

그리고 깨달은 점이 하나 있었다.

세간에는 노력만으로 극복할 수 없는 게 있다.

어느 정도까지는 노력으로도 충분히 소화할 수 있는 단계가 있다. 하지만 그 이상으로 넘어가기 위해선 노력 이외의 무언가가 절실하게 필요하다.

철호는 그게 인맥이라고 결론을 내렸다.

혈연, 학연, 그리고 지연 등등.

특히나 대한민국은 인맥이라는 게 강하게 작용하는 나라 중 하나다.

자신이 아무리 노력해 봤자, 남성진과 같은 부사장의 아들을 이길 수는 없다.

그래서 어떻게 해서든 자신도 위로 올라가고 싶어 인맥을 쌓고자 했다.

그때 마침, 민철이 그에게 접촉을 시도해 온 것이다.

회장 세력의 중심인물이기도 한 그와 연줄을 만들어놓으면, 분명 자신에게 무언가 득이 될 만한 게 생겨나지 않을까.

사실 많은 고민을 했다.

부사장 세력이냐, 아니면 회장 세력이냐를 놓고 말이다.

특히나 감사팀의 특성상, 어쩔 수 없이 권력이라는 면에 엮일 수밖에 없다.

그래서 평사원의 신분임에도 불구하고 철호도 마음속으로는 짐짓 자신이 신경을 써야 할 세력을 정해둬야 할 필요가 있었다.

'이민철 부장… 그러면 충분히 믿고 갈 만하지 않을까.'

먼저 철호를 찾아준 것도 남우진이 아닌 이민철이다.

자신을 필요로 한다는 점 때문에 더더욱 이민철이라는 인물에게 많은 호감을 가지게 되었다.

사실 철호는 자신의 상관인 우민오 실장이 남우진 부사장과 긴밀한 관계를 유지하고 있다는 걸 진작부터 알고 있었다.

만약 우민오 실장에게 자신이 민철에게 전적으로 협력하고 있다는 게 들키면 큰일이다.

하나부터 열까지 신중에 신중을 기해야 한다.

자칫 잘못하다가 민철의 눈밖에 나기라도 한다면 큰일이니까.

'좀 더 조사해 보자. 분명 뭔가가 나올 거야.'

민철이 부탁한 고청사업을 철저하게 파헤치기 위해 철호의 눈이 빠르게 움직인다.

*   *   *

철호가 고청산업 조사에 착수할 무렵, 민철은 전혀 의외의 곳에서 고청산업 대표의 딸과 마주하게 되었다.

"고청산업이라… 그렇군요."

"어머, 혹시 알고 계시나요?"

"…죄송합니다. 청진전자 쪽에서 관리하고 있는 하청업체까지는 제가 잘 모르는지라……."

"괜찮아요. 민철 씨도 여러모로 바쁘시다 들었는걸요. 모를 수도 있지요. 너무 그렇게 신경 쓰지 마세요."

민희가 손을 내저어 보인다.

사실 민철은 고청산업이 어디인지 잘 알고 있다.

그러나 알면서도 일부러 모른 척 연기를 할 수밖에 없었다.

고청산업은 현재 민철에게 있어서 뜨거운 감자 역할을 하고 있었다.

남우진 부사장에게 한 방 날릴 수 있을 법한 단서가 그곳에 있을 것 같다.

그래서 철호에게 그 중소기업을 철저히 조사하라 지령을 넣어뒀다.

아직 결과가 나오기 전까지는 이르지만, 그래도 설마 여기서 고청산업과 직접적인 연줄을 지니고 있는 여인을 만나게 될 줄이야.

'일단은 모르는 척하며 넘기자.'

괜히 고청산업에 대해 민감한 반응을 보였다가, 민희에게 의심을 살 수 있을지도 모른다.

설사 민희가 고청산업 대표의 딸이라고 한들, 지금 이 자리에서 당장 이득을 볼 만한 플레이를 할 수는 없기 때문이다.

'훗날을 기약하자. 지금 당장 나서기엔 너무 성급한 감이 있어.'

생각을 정리하고, 이 연줄을 어떻게 이용하느냐를 두고 작전을 새로 짤 필요가 있다.

민철이 머릿속으로 그런 생각을 하는 와중에, 옆에서 술잔을 기울이던 체린이 유독 그의 언행을 지켜보기 시작한다.

"……."

그녀는 뭔가 말을 하고 싶은 게 있는 것처럼 보이지만, 결국 참아내며 다시 술자리의 분위기에 참가한다.

그렇게 이들의 술자리는 점점 밤을 잊은 듯 무르익어 가기 시작한다.

* * *

유나와 민희를 돌려보내고 난 뒤.

집으로 다시 들어온 민철이 어색한 웃음을 자아내며 두 사람과 마주 술자리를 가졌던 일에 대한 소감을 도로한다.

"재미있는 술자리였어. 괜히 어색한 자리가 되지 않을까 걱정했었는데 날 딱히 꺼려하거나 그런 눈치는 안 보이더군."

"민철 씨에 대해서는 내가 말을 많이 전해뒀으니까."

뒷정리를 하기 위해 체린이 접시와 잔을 들고 부엌으로 향한다.

그녀의 모습을 지켜보던 민철도 자리에서 일어나 같이 식기를 들어준다.

민철의 친절함에 체린이 입가에 미소를 지으며 감사를 표한다.

"고마워, 민철 씨. 설거지는 내가 할 테니까 잠깐 앉아 있어줄래?"

"너도 피곤할 텐데."

"난 괜찮아. 그것보다 민철 씨."

수세미에 세재를 묻힌 체린이 잠시 미소를 지운다.

그러면서 민철이 아주 잠깐 보여줬던 그 미묘한 변화에 대해 묻는다.

"아까 애들이랑 같이 술 마실 때⋯ 민철 씨, 뭔가 한 가지 걸리는 게 있던 거 같았는데."

"걸리는 거라⋯⋯."

체린이 말하고나 하는 게 무엇인지 민철도 잘 알고 있었다.

아마도 민희한테서 고청산업이라는 단어를 들었을 때가 아닐까 싶다.

원래 민철은 말을 할 때 언행에 유독 많이 신경을 쓴다.

왜냐하면 자신의 사소한 몸짓, 그리고 말투 하나하나가 민철의 감정을 그대로 타인에게 알려주는 것과 같은 역할을 하기 때문이다.

상대방과의 협상을 우월하게 이끌어가려면 자신의 감정을 최대한 숨겨야 한다.

그래서 일부러 민철은 어렸을 때부터 그런 훈련을 많이 해왔다.

함부로 감정을 외부로 드러내지 않는다.

설령 깜짝 놀라는 일이 있다 하더라도 결코 놀라는 티를 내지 않는다.

그게 민철의 대단한 점이다.

하나 민철은 결코 신이 아니다.

제아무리 화술의 달인이라고 한들, 그도 결국은 인간이다.

완벽함을 추구할 뿐이지, 결코 민철이 완벽하다는 뜻은 아니다.

민철도 사람이기에 아주 미약하게나마 빈틈을 드러내는 경우가 있다.

체린처럼 민철의 곁에서 오랜 시간을 보내온 사람이라면 그의 사소한 변화도 쉽사리 눈치챌 수 있게 된다.

게다가 체린은 평범한 여성이 아니다.

수완도 좋은 편인 데다가 사업적 감각, 그리고 여자로서의 감이 뛰어난 편이다.

그래서 민철의 그 짧은 감정 변화를 잡아낼 수 있었던 것이다.

"이거 참… 난감하구만."

낭패라는 듯이 말하는 민철.

가급적이면 체린은 이번 일에 연관이 되지 않았으면 하고 바랬다.

그러나 이렇게 된 이상, 말해주지 않고서는 못 버틸 상황이 조성되었다.

고청산업 대표의 딸이 설마 체린의 동창생일 줄이야.

이건 민철도 예상하지 못한 일이었다.

"민희 씨에 관한 이야기야."

"그건 알고 있어. 왜냐하면 민희랑 이야기할 때, 민철 씨의 표정이 미묘하게 변했으니까."

"눈치가 좋군."

"민철 씨의 아내니까."

그 한마디로 모든 것이 대변된다.

하기사. 민철의 아내라면 그 정도 능력은 되어야 하지 않겠는가.

평소의 이민철이라면 자신의 속내를 타인에게 들키게 된 순간 그다지 좋지 않은 기분을 느끼게 마련인데, 그 대상자가 체린이라면 이야기가 달라진다.

"어쩔 수 없지."

이렇게 된 이상…….

고청산업에 관한 계획을 수정하는 수밖에 없다,

*　　　*　　　*

"좋은 아침입니다."

이른 시간부터 출근길에 오른 민철이 사원들에게 인사를 건넨다.

이미 출근 시간 전부터 자리를 잡고 있던 대다수의 사원들이 민철과 마찬가지로 아침 인사를 들려준다.

뒤이어 거의 아슬아슬하게 출근 시간 직전에 사무실 입성을 마친 조 실장이 겉옷을 벗어놓고 민철에게 다가간다.

"이 부장."

"예, 조 실장님."

"잠깐 할 이야기가 있는데."

"……?"

"회의실에서 이야기하지. 여기는 듣는 귀가 많으니까."

"알겠습니다."

조 실장은 인맥이라는 부분에 있어서 거의 특화된 능력을 지니고 있다.

그가 지니고 있는 인맥은 여러모로 도움이 많이 된다.

길을 가다가 옷깃을 스치는 것만으로도 조 실장은 그 사람을 자신의 인맥 라인에 포함시킬 수 있다.

오지랖 넓은 조 실장이 민철에게 무슨 할 이야기가 있는 것일까.

"어흠."

회의실 문이 꽉 잠겨 있다는 것을 확인한 조 실장이 목소리를 한껏 낮춘다.

"혹시 이 부장도 들어서 알고 있는지 모르겠지만… 감사팀의 우민오 실장 말이야, 알고 있어?"

"예, 얼추 들은 적은 있습니다. 직접 대면한 적은 없지만요."

"그 우민오 실장이 최근 이 부장, 자네의 뒷조사를 하고 다닌다던데."

"저를… 말입니까?"

"그래."

누군가가 자신의 뒷조사를 하고 다닐 거란 예상은 이미 충분히 하고 있었다.

그래도 짐짓 몰랐다가 조 실장의 말을 통해 이제야 알게 되었다는 연기를 선보인다.

"누구한테서 들었습니까?"

"누구긴. 전기상 부장이지."

"전 부장님이……."

"아무튼 조심해라. 누가 시켰는지 모르겠지만, 네 뒷조사를 하고 다닌다니까 뭔가 좀 찜찜하더라. 어차피 너야 뭐 털어도 먼지 하나 안 날 사람이라서 별 걱정은 안 한다만… 그래도 만약에라는 말이 있잖냐."

"그렇지요."

"말 안 해주는 것보다 그래도 당사자인 너한테는 미리 귀띔을 해주는 게 좋을 거 같아서 몰래 말해두는 거다. 그러니까 혹여나 뭔가 트집 잡힐 만한 일 같은 건 하지 마라. 내가 무슨 말을 하는지 잘 알고 있겠지?"

"물론입니다."

강태봉처럼 뒷돈 같은 걸 받지 말라는 뜻이다.

굳이 조 실장이 이렇게 신경을 써주지 않아도 민철은 스스로의 앞길 정도는 충분히 잘 꾸려 나갈 수 있는 사람이다.

"아, 그리고 또……."

"뭔가 더 할 말이 남아 있으신가 보군요."

"당연하지. 그거 있잖냐. 엘리트 신입 사원 말이다."

"아……."

그러고 보니 최근 신입 사원 중에 엘리트 신입 사원 후보가 될 만한 사원을 추천받는 시기다.

뒤늦게 그 사실을 떠올린 민철이 고개를 천천히 끄덕인다.

"우리쪽에도 한 명 올려 보내야 하지 않겠냐?"

"조 실장님은 누굴 생각하고 계십니까?"

"누구라고 한다면… 내가 보기엔 고지서가 좋을 거 같은데."

"고지서 씨라……."

포스트 이민철이란 별칭을 받고 있는 바로 그 신입 사원이다.

능력도 출중하면서 동시에 사회생활 감각도 제법 있는 인물이다.

민철도 눈독 들이고 있는 사원이기에 조 실장의 말에 큰 이견을 제시하진 않는다.

"알겠습니다. 그럼 저희 쪽은 고지서 씨를 추천하도록 하죠."

"그래. 나도 가급적이면 내 인맥 다 동원해서 지서 녀석에게 많은 표가 몰리게끔 손을 써두마."

"예, 그쪽은 그럼 조 실장님이 수고 좀 해주시기 바랍니다."

"알았다. 넌 뒷조사당하지 않게 조심하고."

서로 그렇게 담당할 분야를 즉석에서 할당한다.

총괄기획부에 소속되어 있는 사원이 엘리트 신입 사원으

로 선출되는 것도 중요하다.

그만큼 그 부서의 위상이 높아지는 일이기 때문이다.

'조 실장님이 맡아줬으니… 별문제는 없겠군.'

민철이 신경을 써야 할 부분이 가뜩이나 많은 상황인데, 여기서 조 실장이 민철의 짐 하나를 덜어준다면 크나큰 도움이 될 것이다.

그렇게 총괄기획부는 이번에도 타 부서보다 발 빠르게 움직일 준비를 시작한다.

제11장

장군과 멍군

"…이게 다입니까?"

도안의 한쪽 눈꼬리가 추켜 올라가기 시작한다.

저녁 10시가 다 되어가는 상황에서 화연은 피곤하다는 듯한 얼굴로 방금 전에 자신이 도안에게 들려준 말을 반복해서 내뱉는다.

"네, 끝이에요."

"오늘은 평소에 비해서 알려주는 지식의 양이 상당히 적은 거 같군요."

"방금 전까지만 하더라도 인사팀에 가서 목소리 높이고 진탕 싸운 뒤에, 오후 4시가 되어서야 밀린 업무를 부랴부랴 해치우고 이제 막 퇴근했어요. 오늘 하루만큼은 좀 봐주셔도 되지 않나요?"

"……."

"나중에 부족한 만큼 특강(특별 강의)이라도 해드릴 테니까 오늘은 여기까지 해요. 오케이?"

"…어쩔 수 없군요."

마음 같아선 조금 더 화연을 이 자리에 붙들고 싶지만, 밤늦게까지 젊은 여인을 붙잡아놓고 있는 것 또한 예의가 아니다.

민철과 목숨을 건 담판을 치른 이후.

도안은 이렇게 특정한 요일에 화연과 사적으로 만나 10클래스 마법에 대한 교육을 받고 있었다.

민철이 도안에게 약속한 것 중 하나가 바로 10클래스를 그에게 전수해 주겠다는 점이었기 때문이다.

물론 아직까지 민철에 대한 분노가 완전히 사그라든 건 아니다. 그래서 민철은 화연에게 가급적이면 천천히, 거짓말을 사용해서라도 좋으니 최대한 느리게 수업을 진행하라 했다.

원래 부탁했던 것은 거짓 이론으로 10클래스를 알려달라는 거였지만, 마법에 대해 정통한 도안을 거짓 이론으로 속이기에는 다소 무리가 있었다.

그래서 어쩔 수 없이 진짜 10클래스 이론을 알려주는 대신,

이런 식으로 온갖 핑계를 둘러대면서 도안의 10클래스 마법 전수 과정을 늦추라는 게 민철이 따로 할당한 지시였다.

그리고 사실 민철이 별도로 지시한 그 말이 아니더라도, 실제로 귀찮은 일이다.

화연은 그저 민철의 곁에 머물면서 처세술과 화술을 배우려고 했을 뿐이다. 그런데 도안이라는 인간한테 졸지에 마법을 알려줘야 하는 선생님의 입장이 되어버린 것이다.

사실 약간 짜증도 나긴 한다.

그러나 이것도 다 민철의 목숨을 부지하기 위한 과정 아니겠는가.

여기서 민철이 도안에게 죽임을 당하게 되면, 화연 입장에서는 자신들이 모시는 신에게 인간계 대표로 민철을 올려보낸다는 일이 물거품으로 돌아가게 된다.

신에게 최대한 고차원적 존재들이 인간계를 잘 다스리고 있다는 말을 민철의 입을 통해서 들려줘야 한다.

그래야 고차원적 존재들의 위상이 살아남과 동시에 그들 중에서 차기 신 내정자를 뽑을 수 있기 때문이다.

모든 것은 신이 되기 위해서다.

보다 큰 목적을 상기시키며 오늘도 화연은 도안을 대상으로 한 일일 마법 강의를 마치게 된다.

＊　　＊　　＊

　총괄기획부 사무실.

　이미 모든 사원이 다 퇴근한 사무실에 홀로 남은 민철이 전화기를 든 채 화연으로부터 정기 보고를 듣기 시작한다.

　─특이 사항 같은 건 없었어. 오늘도 지루한 마법 공부의 연속이었지.

　"…그렇군."

　─일단 네가 말한 대로 최대한 진도는 늦게 나가고 있어. 이 상태라면 도안이 10클래스에 도달할 때까지 대략 30년 정도가 걸리지 않을까 싶은데.

　"그것도 너무 짧군. 좀 더 늦추도록 해."

　─노력은 하겠는데… 도안이란 남자, 내가 생각했던 것보다 훨씬 머리가 좋아. 아마 예상보다 더 빨리 10클래스에 도달할걸?

　"그럼 더더욱 진도를 늦추는 수밖에 없지."

　─말로 하는 건 누구나 다 할 수 있지, 내 입장이 되어보라고. 이것도 중노동이야. 낮에는 회사 일에 밤에는 개인 강습까지… 피곤하다, 피곤해.

　어느새 정기 보고가 아니라 화연의 불만을 들어주는 상담 쪽으로 이야기가 변경된다.

하나 이것도 다 민철이 감당해야 하는 일이다.

화연에게 상당히 귀찮은 일을 시키게 되었다는 건 그도 잘 알고 있다.

그래서 평소 화연을 대하는 태도에 친절함을 추가해 얌전히 그녀의 불만을 들어주기로 한 것이다.

―아무튼 뭔가 특별한 일이 발생하면 바로 연락할게.

"그래. 조금만 더 수고해 줘."

통화를 마친 뒤, 의자에 몸을 묻으며 이제는 너무나도 익숙해진 총괄기획부 사무실 천장을 올려다본다.

도안의 일은 얼추 이 정도로 슬슬 타협을 보는 듯하다.

본래 사람의 틀어진 감정을 치료하는 데 가장 특효약은 바로 시간이다.

점점 시간이 지날수록 도안의 민철에 대한 악감정은 지워질 것이다.

그래서 민철은 가급적이면 화연에게 최대한 10클래스 마법을 전수해 주는 일을 늦춰달라고 부탁했다.

어차피 시간은 민철의 편이다. 도안의 일은 시간이 지나면 지날수록 자연스럽게 자가 치료될 것이다.

이제 모든 신경을 다시 청진그룹 쪽으로 돌릴 필요가 있다.

강철호가 고청산업을 조사하기까지 대략 2주일 정도가 걸린다고 했다.

그 기간까지 딱히 별다른 행동을 취할 수 없다.

남우진이 계속해서 민철의 뒤를 캐내는 것 같으나, 특별히 눈에 밟힐 법한 행동을 일삼아온 게 아닌지라 그 점에 대해선 걱정하지 않아도 된다.

그것보다도 사실 더 걱정되는 점이 있다.

'남우진… 그자가 기어코 나를 타깃으로 잡았구나.'

사실 민철이 가장 피하고 싶었던 게 바로 이것이다.

자신이 직접 남우진 세력의 타깃으로 지정되는 일이다.

물론 사실상 시간문제에 불과했다.

한경배 회장과 서진구 부사장으로부터 열렬한 신임을 받기 시작한 순간부터 이미 민철은 부사장 세력의 주요 타깃으로 내정되어 있었다.

그나마 민철의 꼼수 덕분에 최대한 자신이 주 타깃으로 설정되는 시기를 늦출 수 있었던 것이지, 만약 그것조차 없었다면 무수한 견제 덕분에 민철은 아마 여기까지 성장하지도 못했을지도 모른다.

'이제부터가 중요한데…….'

이미 조 실장으로부터 감사팀의 우민오 실장이 자신의 뒤를 캐고 다닌다는 정보를 입수했다.

그것까지는 별다른 문제가 안 되는데…….

중요한 건 남우진 부사장이 본격적으로 공격을 가할 때다.

죄 없는 사람이라 하더라도 충분히 범죄자로 만들 수 있다.

그게 바로 현대 사회다.

이러한 피해를 당한 대표적인 사례가 바로 황고수다.

실제로 강오선 사건과 아무런 연이 없던 황고수였으나, 부사장 세력의 모함으로 인해 결국 내통자라는 오명을 뒤집어쓰고 청진그룹에서 제 발로 퇴사하게 되었다.

그렇게 아무런 죄 없는 자에게 언제든지 죄를 뒤집어씌울 수 있다.

민철이 걱정하는 건 황고수 부장이 당한 것 같은 공격을 당하는 것이었다.

모함.

그리고 음모.

민철을 공격하기 위한 수단과 방법은 무궁무진하다.

아직까진 민철이 남우진에 대한 우위를 점하고 있다 보기 힘들다.

총괄기획부가 아직 제대로 자리를 잡지 않았을뿐더러, 이민철 개인의 힘은 그렇게까지 강하지 않기 때문이다.

다른 부서, 혹은 다른 사람들이 이민철이란 남자를 무시하지 못하고 있는 이유는 결코 이민철이 가지고 있는 자체적인 능력과 힘 때문이 아니다.

바로 뒤에 한경배 회장과 서진구가 버티고 있어서다.

두 사람의 후광을 최대한 이용할 때까지 이용해야 하는 게 민철이지만, 이건 언제 사라질지 모르는 방어막에 불과하다.

이제는 슬슬 자신만의 세력을 키워가야 한다.

외부 세력은 이미 체린이 상오그룹을 키워가고 있기에 별로 터치할 만한 부분은 없다.

문제는 이제부터 내부 세력을 키워가야 한다는 점이다.

조만간 남우진과 이민철, 두 남자가 정면으로 대결을 펼쳐야 할 때가 올 것이다.

그때 민철의 손을 들어줄 세력들이 필요하다.

'우선 회사 간부진들을 최대한 내 쪽으로 포섭할 필요가 있겠군.'

한경배 회장과 서진구 부사장을 따르는 간부들이 꽤 있다.

그 사람들이 전부 민철을 인정한 건 아니다.

일단 그들에게 먼저 인정을 받아, 자신의 세력에 포함시킨다.

이후에 각 부서별로 민철의 지지 세력을 만들어두면 된다.

어차피 지금 당장 상오그룹을 필두로 한 외부 세력을 청진그룹 내부에 개입시킬 순 없다.

그렇게 하면 한경배 회장과 함께 오랫동안 회사를 지켜오던 충성심 깊은 간부진들, 그리고 서진구와 같은 초창기 창립 멤버들의 반감을 살 가능성이 크다.

주주들의 의사도 무시하면 안 된다.

이들의 생각에 반하는 행동을 하게 되면, 자연스럽게 민철의 적이 될지도 모른다.

민철은 지금 중요한 행보를 걷고 있다.

아슬아슬한 줄타기를 하고 있는 셈이다.

자신이 생각하고 있는 계획에 조금이라도 어긋나는 일이 발생하게 된다면, 그 후폭풍은 어마어마할 것이다.

만약 평범한 사람이 민철의 입장이 된다면, 이미 사고가 정지해 아무런 생각조차 할 수 없게 되었을지도 모른다.

오직 민철이기에… 레이폰 더 데스사이드이기에 가능하다.

'우선 무기를 갖출 필요가 있겠어.'

남우진에게 강력한 일격을 가할 필살기를 준비해야 한다.

그 결과가 머지않아 나타날 것이다.

민철이 바라는 결과가 있기를.

특정 종교를 가지고 있지 않은 민철이지만, 오늘만큼은 고차원적 존재들의 상관이기도 한 신에게 모든 일이 잘 풀리기를 기원하게 된다.

*　　　*　　　*

그의 기도가 하늘에 닿았을까.

아침부터 민철에게 좋은 소식을 담은 전화 한 통이 걸려온다.

"총괄기획부 오태희 대리입니다… 부장님이요? 네, 잠시만요."

잠깐 수화기를 내려놓은 태희가 민철을 부른다.

"이민철 부장님."

"네, 무슨 일인가요?"

"감사팀의 강철호 팀장이란 분이 전화하셨는데요. 전화 그쪽으로 돌려드릴까요?"

"강철호 팀장이라… 예, 바로 돌려주세요."

"알았어요."

띠리리리링!

민철의 책상 위에 올려져 있는 전화기가 우렁찬 소리를 토해낸다.

수화기를 든 민철이 자연스럽게 입을 연다.

"이민철 부장입니다."

―안녕하세요, 부장님. 감사팀의 강철호 팀장입니다.

"예, 강 팀장님."

―실은 얼마 전에 부장님께서 부탁하신 그 고청산업 관련 일로 전화드렸습니다만…….

올 것이 왔다.

"일단 만나서 이야기를 나누도록 하죠. 저번에 만났던 그 카페, 기억하십니까?"

─예.

"30분 뒤에 그곳에서 만나기로 합시다."

─알겠습니다.

듣는 귀가 없는 곳에서 은밀하게 이야기를 진행해야 한다.

철호에게 특정 장소에서 보자는 말을 들려준 뒤, 민철 역시 주섬주섬 뭔가를 챙겨 들고 사무실을 나설 준비를 마친다.

"태희 씨."

"예, 이 부장님."

"저, 잠시 미팅 좀 하고 올 테니 혹여나 저 찾는 전화가 오거든 2시간 뒤에 사무실로 다시 돌아올 예정이니 그때 전화 달라고 해주세요."

"미팅… 2시간 후… 네, 알았어요."

혹시 몰라 포스트잇에 민철이 말한 내용을 적어두는 태희였다.

그녀를 지나쳐 사무실에서 나온 민철이 빠르게 카페로 향한다.

이윽고 30분 뒤.

"강 팀장님, 여기입니다."

민철이 손을 들며 자신이 앉아 있는 위치를 알려준다.

그를 발견하자마자 곧장 자리를 잡은 철호가 두툼한 서류 봉투를 건네준다.

"이 부장님이 찾으신 내용입니다."

"생각보다 많군요."

여기서 다 훑어볼 시간은 없다.

핵심부터 먼저 듣기 위해 철호한테 간략한 질문을 던진다.

"제가 생각하고 있던 그 내용도 혹시 안에 담겨 있습니까?"

철호의 답변에 모든 것이 결정된다.

민철의 질문을 받은 그가 이윽고 천천히 고개를 끄덕이며
입을 연다.

"있었습니다."

"역시……!"

민철의 얼굴에 화색이 돈다.

남우진의 장군에 대항하기 위해 갖춘 민철의 멍군.

고청산업 관련 자료를 통해 찾고 싶어 했던 그것의 정체
는…….

바로 '횡령(橫領)'이다.

『회사원 마스터』 10권에 계속…

초대형 24시 만화방

신간 100%, 샤워실, 흡연실, 수면실(침대석), 커플석, 세탁기 완비

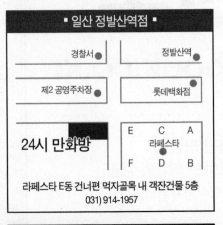

■ 일산 정발산역점 ■

라페스타 E동 건너편 먹자골목 내 객잔건물 5층
031) 914-1957

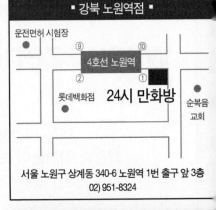

■ 강북 노원역점 ■

서울 노원구 상계동 340-6 노원역 1번 출구 앞 3층
02) 951-8324

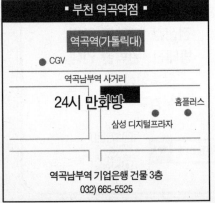

■ 부천 역곡역점 ■

역곡남부역 기업은행 건물 3층
032) 665-5525

■ 부평역점 ■

(구) 진선미 예식장 뒤 보스나이트 건물 10층
032) 522-2871

FUSION FANTASTIC STORY

비츄 장편소설

올 스탯 슬레이어

강해지고 싶은 자, 스탯을 올려라!
『올 스탯 슬레이어』

갑작스런 몬스터의 출현으로 급변한 세계.
그리고 등장한 슬레이어.

[유현석 님은 슬레이어로 선택되었습니다.]
"미친… 내가 아직도 꿈을 꾸나?"

권태로움에 빠져 있던 그가…

"뭐냐 너?"
"글쎄. 나도 예상은 못했는데, 한 방에 죽네."

슬레이어로 각성하다!

Book Publishing CHUNGEORAM

뉴행이 아닌 자유추구 -
WWW.chungeoram.com

이경영 판타지 장편소설

FANTASY FRONTIER SPIRIT

그라니트

용들의 땅

GRANITE

사고로 위장된 사건에 의해 동료를 모두 잃고 서로를 만나게 된 '치프'와 '데스디아'.
사건의 이면에 상식을 벗어난 음모가 있음을 알게 된 둘은
동료들의 죽음을 가슴에 새긴 채 각자의 고향으로 돌아간다.
2년 후, 뜻하지 않게 다시 만난 두 사람은 동료들의 복수를 위해
개척용역회사 '그라니트 용역'을 설립해 다시금 그 땅을 찾게 되는데……

용들이 지배하는 땅 그라니트!
그곳에서 펼쳐지는 고대로부터 이어지는 운명적 만남,
깊어지는 오해, 그리고 채워지는 상처.

『가즈 나이트』시리즈 이경영 작가의 미래형 판타지 신작!

Book Publishing CHUNGEORAM

유행이 아닌 자유추구 -
WWW.chungeoram.com

니콜로 장편 소설

FUSION FANTASTIC STORY

마왕의 게임

『경영의 대가』, 『아레나, 이계사냥기』
니콜로 작가의 신작!

『마왕의 게임』

마계 군주들의 차열한 서열전
궁지에 몰린 악마군주 그레모리는 불패의 명장을 소환하지만······.

"거짓을 간파하는 재주를 지녔다고?"
"그렇다, 건방진 인간."
"그럼 이것도 거짓인지 간파해 보아라."

"-나는 이 같은 싸움에서 일만 번 넘게 이겨보았다."

e스포츠의 전설 이신, 악마들의 게임에 끼어들다!

Book Publishing CHUNGEORAM

유행이 아닌 자유추구 -
WWW.chungeoram.com